시를 놓고 살았다
사랑을 놓고 살았다

시를 놓고 살았다
사랑을 놓고 살았다

고두현

쌤앤파커스

앞만 보고 달려온 그대,
이젠 잠시 멈춰 시를 만나야 할 시간

'멈출 때마다 나는 듣네.'

미국 시인 랄프 왈도 에머슨의 명구를 필사하다가 이 대목에서 한참 머물렀다. 그동안 앞만 보고 달려오느라 멈출 생각도 하지 못했구나. 정신없이 쫓기면서 숨 고를 시간마저 없었구나. 광속(光速)의 세태에 휩쓸려 생의 의미도 생각지 못하고 여기까지 오다니…….

그날 거울 속에서 낯선 나를 발견하고는 오래 생각했다. 나는 누구인가. 무얼 위해 이토록 아등바등 살았는가. 시인들은 왜 "일에 쫓겨 허덕거릴 때마다 가던 길을 멈추고 잠시 곁을 둘러보라"고 했을까.

멈춰야 새로운 것들이 보이고 들린다. 별스럽지 않은 풍경도 자세히 보면 달리 보인다. 직선의 세상을 둥글게 보듬어 안는 곡선의 미학이 그 속에 있다.

요즘 남성들이 시집을 많이 읽는다고 한다. 대형 서점의 조사 결과에 따르면 시집을 주로 사는 독자층이 젊은 문학소녀뿐만 아니라 중년남성들로까지 넓어지고 있다. 하긴 어떤 나이인들 시가 필요하지 않으랴. 우리 모두의 삶을 위로하고 치유하는 힘이 시 속에 있다.

시는 주변 풍경뿐만 아니라 내 속의 또 다른 나를 발견하게 해준다. 가던 길 멈춰 서서 귀를 기울이면 그동안 잊고 있던 내면의 목소리를 들을 수 있다. 시의 행간에는 내밀한 삶의 의미와 명징한 깨우침까지 담겨 있다.

"저도 그랬어요. 마흔 고개를 막 넘어설 무렵이었는데, 그때 시가 제게로 왔죠."

"어떤 시?"

"백석의 '흰 바람벽이 있어'라는 시였어요. '하늘이 이 세상을 내일 적에 그가 가장 귀해하고 사랑하는 것들은 모두/ 가난하고 외롭고 높고 쓸쓸하니'라는 대목을 읽는데 눈물이 왈칵 쏟아지더라고요. 당시 제 상황이 딱 그랬거든요. 가난하고 외롭고 높고 쓸쓸한…….”

"저는 하이네 시가 좋아요. 슈만이 노래로 만든 거 있잖아요. '눈부시게 아름다운 5월에/ 모든 꽃봉오리 벌어질 때/ 내 마음속에도/ 사랑의 꽃이 피었어라'로 시작하는 시. 어찌 보면 평범한 것 같은데도 제 마음속으로 화사하게 물결이 이는 것 같았어요. 다시 가슴이 뛰는 느낌이었죠.”

여행작가아카데미에서 만난 사람들의 이야기다. 문학 모임도 아닌데 앉으면 시 얘기들을 많이 한다. '시적'이라는 표현도 자주 쓴다. 모두들 아름답고 멋진 걸 보면 "참 시적이다"라고 말한다. 그런 순간은 언제 우리에게 오는 걸까. 아련하기도 하고 섬광 같기도 한 그 미묘한 느낌을 어떻게 묘사할 수 있을까.

시인들은 바로 그 순간을 섬세하게 포착하고 명징한 언어의 불꽃으로 바꾸는 사람이다. 그 속에 우리가 하고자 했던 말의 뜻이 응축돼 있다. 흥겨운 감성의 물굽이나 가슴 아린 비애의 뿌리까지 그 속에 들어 있다. 우리가 시를 읽고 감동하는 것도 이 때문이다.

"시를 읽으면 뭐가 좋아요?”

시를 놓고 살았다 사랑을 놓고 살았다

이런 질문을 받을 때마다 '시 읽기의 네 가지 유익함'이란 말로 답하곤 한다. 첫째는 '몸과 마음을 춤추게 하는 리듬(운율)의 즐거움(樂)'이고, 둘째는 '마음속에 그려지는 시각적 회화의 이미지(像)'다. 셋째는 '시 속에 숨어 있는 이야기(說)'다. 넷째는 이 세 가지를 아우르는 감성의 경계에서 피어나는 '공감각적 상상력(想)'이다. 이들 네 요소가 시를 읽을 때마다 우리를 즐겁게 하고, 꿈꾸게 하며, 호기심 천국으로 인도하고, 상상의 나래를 펼치게 한다.

시는 가장 짧은 문장으로 가장 긴 울림을 주는 문학 장르다. 같은 어휘를 쓰는데도 산문의 문장과 느낌이 다르다. 함축과 생략, 비유와 상징의 묘미가 살아 있기 때문이다. 때로는 사랑하는 사람을 향해 수많은 말줄임표를 보내는 비밀서신 같기도 하다.

이 책에 나오는 시편들은 이런 깊은 맛과 '시 읽기의 네 가지 유익함'을 두루 갖추고 있다. 1부의 김영랑 시 '모란이 피기까지는'에는 시의 미학은 물론이고 모란처럼 뚝뚝 떨어지는 '찬란한 슬픔'의 뒷이야기가 숨어 있다. 전설적인 무용가 최승희와 사랑에 빠졌던 영랑이 집안 반대에 부딪혀 목을 맸던 뒷마당의 나무, 모란꽃 향기만큼 진한 슬픔을 견디던 시인의 고독한 모습……

눈물겨운 순애보로 서로에게 평생 힘이 되어 준 엘리자베스 브라우닝과 로버트 브라우닝 부부의 러브 스토리, 영화로 만들어져 수많은 사람의 눈물샘을 자극한 존 키츠의 '빛나는 별'과 이웃집 처녀 이야기도 특별하다. 릴케가 숲속 방갈로에서 한 달간 은둔한 까닭, 괴테가 편지지에 은행나무 잎 두 장을 붙여 보낸 사연 또한 흥미롭다.

사랑과 관련한 시뿐만 아니라 인생을 생각하게 하는 시, 여백의 미를 살린 하이쿠도 함께 실었다. 그 속에 담긴 이야기를 하나씩 따라가며 읽을 수 있도록 각 부를 '사랑'에 관한 시 7편, '인생'에 관한 시 3편, '여백' 같은 하이쿠 2편으로 구성했다. '사랑'에서 '인생'으로 넘어가는 중간에는 잠시 쉬어가며 사색할 수 있도록 '연결글'을 한 꼭지씩 실었다.

조숙한 천재들이어서 그랬을까. 이들의 사랑 시는 아름답고 달콤하지만, 그 속에 담긴 사연들은 슬프고 또 안타깝다. 현실에서는 불가능할 것 같은 '비련의 드라마'도 많다. 그만큼 파격적이다. 그 덕분에 사랑과 인생의 본질을 더 깊이 성찰하도록 우리를 이끈다.

인생 시와 하이쿠에도 다양한 삶의 무늬가 그려져 있다. 젊을 때는 '뭘 몰라서' 바쁘고, 나이 들어서는 '어중간하게 알아서' 부산하다고 한다. 하지만 시를 읽을 때는 마음이 편해진다. 표정도 순해진다. 20~30대나 40~50대나 마찬가지다. 저마다 시 속에서 또 다른 나를 발견하기 때문이다. 시공의 경계를 떠나 미처 경험하지 못한 생의 순간들을 간접체험하기도 한다. 우리 모두 가슴 뛰는 시를 만나야 할 이유가 여기에 있다.

고두현

차례

1부   유일한 사랑 & 영원한 사랑

2부　　　　　　　　　격정적 사랑 & 비운의 사랑

3부   금지된 사랑 & 위험한 사랑

4부   첫사랑 & 마지막 사랑

© Like cherry blossoms, 2017

1부

유일한 사랑 & 영원한 사랑

모란이 피기까지는

김영랑

모란이 피기까지는,

나는 아직 나의 봄을 기다리고 있을 테요.

모란이 뚝뚝 떨어져 버린 날

나는 비로소 봄을 여읜 설움에 잠길 테요.

오월 어느 날, 그 하루 무덥던 날,

떨어져 누운 꽃잎마저 시들어버리고는

천지에 모란은 자취도 없어지고,

뻗쳐오르던 내 보람 서운케 무너졌느니,

모란이 지고 말면 그뿐, 내 한 해는 다 가고 말아,

삼백예순 날 하냥 섭섭해 우옵내다.

모란이 피기까지는,

나는 아직 기다리고 있을 테요, 찬란한 슬픔의 봄을.

최승희를 사랑한 영랑이
목매 죽으려 했던 나무가

　시인 김영랑(1903~1950)의 생가가 있는 전남 강진. 거리 곳곳에 그의 시 구절을 딴 모란공원, 모란상회, 모란미용실 등이 보인다. 영랑사진관과 영랑다방, 영랑화랑도 있다. 컴퓨터가게 간판에도 시인의 이름이 붙어 있다.

　군청 옆길로 걸어 올라가니 고즈넉한 초가집이 눈에 들어온다. 그의 옛집이다. 안채에 딸린 마당의 장독대도 정겨운 풍경이다. 해마다 초여름이면 마당 한 구석에 모란이 피어나는 곳. 진한 모란 향기가 시비를 감싸는 모습이 그림 같다.

　툇마루에 걸터앉아 그의 시집을 펼친다. 가는 길에 읽다가 접어두었던 '모란이 피기까지는'이 가장 먼저 눈에 들어온다. 꽃이 피기까지의 기다림과 낙화한 뒤의 절망감을 반복적인 리듬으로 노래한 시. 기다림이 무산된 순간의 절망을 '오월 어느 날, 그 하루 무덥던 날' 뚝뚝 떨어지는 모란에 빗댄 그의 마음은 어땠을까. '삼백예순 날 하냥 섭섭해' 울면서 그토록 기다린 '찬란한 슬픔의 봄'은 또 무슨 의미일까.

그의 '찬란한 슬픔'은 젊은 날 이루지 못한 사랑의 비극에서 비롯됐다. 상대는 훗날 한국 최고의 춤꾼으로 이름을 날린 무용가 최승희다.

최승희는 작가 최승일의 여동생이다. 영랑은 열네 살에 일찍 결혼했으나 1년 만에 상처하고, 서울 휘문의숙(지금의 휘문고)에 다니다 일본으로 유학을 떠났다. 거기에서 최승일을 사귀었다. 관동대지진 여파로 유학생활을 접고 귀국한 뒤에는 서울 나들이 때마다 최승일의 집에서 유숙했다. 그때 자연스럽게 최승희를 만났다. 최승희가 숙명여학교 2학년이었으니 열네 살밖에 안 됐지만 뛰어난 미모에 내면도 꽤나 성숙했다. 당시 영랑은 스물두 살이었다.

오빠 친구인 영랑의 시적 감수성에 최승희의 마음도 흔들렸다. 둘 사이는 마침내 결혼을 약속할 정도까지 발전했다. 그러나 두 집안은 이들의 사랑을 허락하지 않았다. 영랑의 집안에서는 "그런 경성의 신여성은 우리 가문에 필요 없다"며 손사래를 쳤고, 최승희 집안에서는 영랑의 지방색을 들어 반대했다.

1년간의 줄다리기 끝에 상심한 영랑은 뒤란 동백나무에 목을 매고 자살을 시도하다가 발각됐다. 영랑 생가에 장독대 쪽으로 가지를 길게 늘어뜨린 나무가 바로 그 나무다.

봄날의 풋사랑 같은 사연을 뒤로 하고 최승희는 일본으로 건너가 당대 최고 무용가의 길을 걸었고, 영랑은 그 빈자리를 시로 채웠다. 그러나 '찬란한 슬픔의 봄'은 해마다 그의 가슴을 아리게 했다.

그는 모란이 피는 5월이면 좋아하는 술도 끊고 노래도 멀리하면서 모란 옆을 지켰다. 가장 화려하게 피어나는 꽃을 보면서 그 진한 향기만큼 깊은 슬픔을 혼자 견디는 모습이 애잔하다. 그는 집 뜰에 300여 그루의 모란을 심어 정성껏 가꾸었다.

1930년 박용철과 함께 《시문학》을 창간하면서 순수시의 시대를 연 영랑은 이후 20여 년간 향토적이고 미학적인 시를 잇달아 발표한 뒤 9·28 서울 수복 때 포탄 파편에 맞아 생을 마감했다.

지금도 모란이 필 무렵이면 그의 생가에 사람들이 몰린다. 초가을엔 마당가 장독대 앞에서 '오 – 매 단풍 들것네'를 읊조리며 시향에 젖는 독자도 많다. 그 속에서 최승희와의 안타까운 사연을 되새기며 젊은 날의 영랑을 떠올리는 사람 또한 만날 수 있다.

하늘의 융단

윌리엄 버틀러 예이츠

금빛 은빛 무늬로 수놓은
하늘의 융단이,
밤과 낮과 어스름의
푸르고 침침하고 검은 융단이 내게 있다면,
그대의 발밑에 깔아드리련만
나 가난하여 오직 꿈만을 가졌기에
그대 발밑에 내 꿈을 깔았으니
사뿐히 걸으소서, 그대 밟는 것 내 꿈이오니.

시를 놓고 살았다 사랑을 놓고 살았다

시인 예이츠의
안타까운 사랑

　사랑은 이렇게 '사뿐히 즈려밟는' 발걸음 위로 오는 것일
까. 김소월의 '진달래꽃'을 떠올리게 하는 이 사랑 노래는 아일
랜드의 국민시인 윌리엄 버틀러 예이츠(1865~1939)의 시다.

　그가 첫 시집으로 막 이름을 날리던 1889년 어느 날 스물
네 살 청년의 마음을 송두리째 흔드는 여인이 나타났다. 영국으
로부터의 독립을 꿈꾸는 비밀결사조직 지도자의 소개장을 갖고
온 젊은 여성 모드 곤이었다. 곤은 예이츠의 아버지 앞에서 "조국
의 독립을 위해 우리 모두 힘을 합쳐 싸우자"며 열변을 토했다.

　첫눈에 반한 예이츠는 곤을 위해 무엇이든 하리라고 다짐
했다. 곧바로 아일랜드 민족주의 운동단체에 가입했다. 곤이 좋
아할 만한 사회활동에 주력하면서 시풍도 탐미적인 것에서 민
족주의 성향으로 바꼈다.

　그런 그에게 곤도 서서히 관심을 보이기 시작했다. 하지만
그건 어디까지나 시인에 대한 존경일 뿐 사랑은 아니었다. 뛰어
난 대중 연설가이자 여성 혁명가인 곤에게 사사로운 연정은 사

치에 불과했다. 그런데도 그의 열정은 식지 않았다.

그렇게 10년이 지난 뒤 그는 용기를 내 정식으로 청혼했다. 곤은 완곡하게 거절했다. 이후 몇 번이나 계속된 구애도 허사였다. 곤은 결국 아일랜드 독립군 장교와 결혼했다. 그 장교는 1916년 대규모 '부활절 봉기'에 참가했다가 영국군에 잡혀 처형되고 말았다.

남편과 사별한 곤에게 그는 한 번 더 손을 내밀었지만 그마저 실패했다. 그의 나이 이미 쉰하나였다. 어릴 때 변호사인 아버지의 반대를 무릅쓰고 미술대학을 고집했고, 시인이 되기 위해 그림마저 내던진 자유인이었으나 사랑만큼은 뜻대로 되지 않았다. '나 가난하여 오직 꿈만을 가졌기에/ 그대 발밑에 내 꿈을 깔았으니/ 사뿐히 걸으소서, 그대 밟는 것 내 꿈이오니.'라던 간절한 기원도 소용이 없었다.

절망한 그는 스물다섯 살의 평범한 여인 조지 하이드 리즈와 '탈출하듯' 결혼했다. 거의 자포자기 심정이었다. 뜻밖에도 그의 생애에 처음으로 안정이 찾아왔다. 오래고 질긴 사랑의 고통에서 비로소 벗어난 것이다.

이때부터 앞날이 환하게 열리기 시작했다. 시 세계가 훨씬 깊어졌다. 딸과 아들도 잇달아 얻었다. 1922년에는 아일랜드공

화국 상원의원이 되고, 이듬해인 1923년에는 노벨문학상까지 받았다. 파란만장한 사랑의 상처가 문학적 성공의 자양분이 된 것이다.

이런 사연과 함께 그가 훗날 쓴 시 '아, 너무 오래 사랑하지 말라'를 옆에 놓고 읽어보면 삶의 또 다른 비의(秘意)를 발견할 수 있다.

그대여, 너무 오래 사랑을 말라.
나는 너무 오래 사랑을 했다.
그리하여 시대에 뒤졌다.
마치 옛 노래처럼.

우리 젊은 시절에는 언제나
자신의 생각을 상대방의 생각과
구분하는 일을 아예 하지 못했다.
우리는 그토록 하나였으니.

그러나 아, 일순간 그녀는 변했다 —
아, 너무 오래 사랑을 말라.

그렇지 않으면 시대에 뒤지리라.
마치 옛 노래처럼.

하지만 그의 진짜 속마음은 그게 아니었다. 노년에 쓴 시 '그대 늙었을 때'에서 그는 '그대 내면에 감춰진 순례하는 영혼을 사랑하고/ 그대 변해가는 얼굴과 슬픔을 사랑한 사람은/ 오직 한 사람'이라며 평생 연인을 향한 순정을 고백했다. 이제는 발밑에 깔아줄 융단도 없고, 가난하여 더 애틋한 꿈도 없고, 사뿐히 밟고 갈 어여쁜 발걸음도 없어졌지만 그의 눈길과 음성은 여전히 그녀를 향하고 있었다.

이런 절절함 때문일까. 끝내 이루지 못한 그의 사랑이 안타깝고, 처연하고, 서늘하고, 그래서 더욱 아름답다.

예이츠의 또 다른 사랑 시 한 편을 만나보자.

수양버들 공원에 내려가 내 사랑과 나는 만났습니다.
그녀는 눈처럼 흰 귀여운 발로 버들 공원을 지나갔습니다.
나뭇잎 자라듯 쉽게 사랑하라고 그녀는 나에게 말했지만,
나는 젊고 어리석어 곧이듣지 않았습니다.

들녘 강가에서 내 사랑과 나는 서 있었고,
내 기운 어깨 위에 그녀는 눈처럼 흰 손을 얹었습니다.
강둑 위에 풀 자라듯 쉽게 살라고 그녀는 나에게 말했지만
나는 젊고 어리석었던 탓에, 지금은 눈물이 넘칩니다.

'수양버들 공원에 내려가'라는 이 시는 한 노파가 예이츠에게 준 삼행시를 늘려서 쓴 것이라고 한다. 수양버들 공원에서, 여인은 남자에게 말한다. 나뭇잎 자라듯 쉽게 사랑하라고. 그러나 남자는 너무 젊어 그 뜻을 다 알 수 없었다. 세월이 흐른 뒤 어느 들녘 강가에서, 실의에 빠진 남자에게 여인은 다시금 말한다. 강둑 위에 풀 자라듯 쉽게 살라고. 그리고 오늘에서야 그 말의 의미를 제대로 이해한 남자는 후회와 상념으로 눈물에 젖는다.

내가 라이오네스로 떠났을 때

토머스 하디

백마일 밖 라이오네스로
내가 떠났을 때
나뭇가지 위에 서리는 내리고
별빛이 외로운 나를 비췄지.
백마일 밖 라이오네스로
내가 떠났을 때.

라이오네스에 내가 머물 때
거기서 무슨 일이 생길지
어떤 예언자도 감히 말 못하고
가장 현명한 마법사도 짐작 못했지.
라이오네스에 내가 머물 때
거기서 무슨 일이 생길지.

내가 라이오네스에서 돌아왔을 때
눈에 마법을 띠고 돌아왔을 때
모두 말 없는 예감으로 눈여겨보았지.
신비롭고 깊이 모를 나의 광채를.
내가 라이오네스에서 돌아왔을 때
눈에 마법을 띠고 돌아왔을 때!

누가 알았을까,
거기서 내가 사랑에 빠질 줄

어릴 때는 그가 소설가인 줄로만 알았다. 그 유명한 《테스》의 작가 토머스 하디(1840~1928). 19세기 말에서 20세기 초를 풍미한 하디는 소설가 이전에 뛰어난 시인이자 극작가였다.

그는 영국 남부 도체스터에서 석공인 아버지와 독서를 좋아하는 어머니 사이에서 태어났다. 철도도 들어오지 않는 외진 곳이었다. 어린 시절 하디는 내성적이었고 몸이 약했다. 그가 학교에서 교육받은 기간은 8년 정도밖에 안 된다. 열여섯 살 때 건축사무소 수습공으로 들어간 뒤로 건축 일과 소설·시 쓰기를 병행했다.

그의 시 중 가장 달콤한 것으로 꼽히는 '내가 라이오네스로 떠났을 때'는 서른 살 때의 사랑을 그린 작품이다. 그때 무슨 일이 있었던 것일까.

그해 봄 하디는 교회 건물을 수리하기 위해 콘월주에 있는 한 마을로 파견됐다. 그곳 목사관에 에마 기퍼드라는 처녀가 있었다. 성격이 활발하고 문학적 감수성이 풍부한 아가씨였다. 그녀는 하디의 창작에 아주 특별한 관심을 보였다. 둘은 곧 사랑에 빠졌다. 그녀는 귀족 변호사의 딸로 하디보다 신분이 높았으나 사랑에 눈먼 청춘에게는 문제가 되지 않았다.

고향으로 돌아온 그는 그곳에서 있었던 비밀스런 일의 한 면만 살짝 보여주듯 이 시를 썼다. 라이오네스는 콘월반도와 영국해협의 실리섬을 잇는 전설 속의 땅 이름. 중세 유럽 전설에 나오는 기사 트리스탄의 탄생지다. 지금은 바다 속에 가라앉았다고 전해진다.《트리스탄과 이졸데》의 비련까지 겹쳐 라이오네스라는 말의 상징적 울림이 더욱 크다.

'백마일 밖 라이오네스로/ 내가 떠났을 때'로 시작해서 '라이오네스에 내가 머물 때'를 지나 '내가 라이오네스에서 돌아왔을 때'로 이어지는 순환의 이미지도 시를 빛내는 요소다. 그 사이에 '신비롭고 깊이 모를 광채'와 '마법의 눈'을 띠고 돌아온 내력이 둘만의 은밀한 사랑을 상징적으로 보여준다.

둘의 결합은 경제적인 문제 때문에 어려움을 겪었다. 그러다 하디의 문학적 명성이 높아지면서 난관을 극복했다. 결혼 후 그는 왕성하게 창작활동을 했고 도체스터 근방에 땅을 사서 저택을 지었다. 그 유명한《테스》와《무명의 주드》도 이곳에서 집

필했다. 국왕으로부터 공로훈장을 받고 황태자의 방문까지 받는
영예도 누렸다.

　1912년 아내가 갑자기 세상을 떠나자 그는 큰 충격을 받았
다. 상심한 그는 아내를 처음 만난 마을로 순례 여행을 떠나 옛
추억에 잠기곤 했다. 그때 저 언덕에서 그녀가 봄바람에 치맛자
락을 펄럭이며 다가오는 모습은 얼마나 아름다웠던지……

　그로부터 16년 뒤 그는 페르시아 시인 오마르 하이얌의
《루바이야트》 시편을 읽어달라고 친구에게 부탁한 뒤 조용히 눈
을 감았다. 88세였다. 그의 장례는 국장으로 치러졌고 유해는
웨스트민스터 사원의 '시인 코너'에 묻혔다.

　하지만 아무리 장례식이 화려하고 묘소가 성지라 한들 무
슨 소용이랴. 그의 영혼은 살아서나 죽어서나 그녀 곁을 떠나고
싶지 않았으니……. 고인의 뜻에 따라 그의 심장은 웨스트민스
터가 아닌 고향의 그녀 묘 옆에 안장됐다. 애틋한 사랑을 발견하
고 가슴 뛰던 그 젊은 날의 '마법'과 함께.

이별의 말 — 슬퍼하지 말기를

존 던

덕 있는 사람들이 온화하게 세상 뜨며,
자신의 영혼에게 가자고, 속삭이고,
그러는 동안 슬퍼하는 친구 몇몇이
이제 운명하나 보다, 혹은 아니라고 말할 때처럼,

그처럼 우리도 자연스럽게, 소란스럽지 않게,
눈물의 홍수도, 한숨의 폭풍도 보이지 맙시다,
속인(俗人)들에게 우리의 사랑을 말하는 건
우리의 기쁨을 모독하는 것일 테니.

지진은 재해와 공포를 초래하니,
사람들은 그 피해가 어떤 것인지 압니다.
그러나 천체의 움직임은,
훨씬 클지라도, 해를 끼치지 않습니다.

따분한 지상의 연인들이 나누는 사랑은
(그 정수가 감각이기에) 서로의 부재를
용납할 수 없나니, 부재는 사랑을 이루는
감각들을 지우기 때문입니다.

그러나 우리는, 지순한 사랑으로,
부재가 무언지도 모를 정도로,
서로의 마음을 확실히 믿고 있기에,
눈, 입술, 손이 없어도 걱정하지 않습니다.

우리의 두 영혼은, 하나이기에,
내가 떠난다 하더라도, 그건 다만
끊기는 게 아니라, 늘어나는 것일 뿐입니다,
공기마냥 얇게 펴진 금박(金箔)처럼.
(이하 줄임)

우리 사랑은 끊어지지 않고

영영 이별이 아니라 잠깐 동안의 이별을 노래한 사랑 시. 영국 시인 존 던(1572~1631)의 연애 시 중 한 편이다.

런던의 철물 상인과 극작가의 딸 사이에서 태어난 그는 온갖 고생 끝에 당시 실권자인 토머스 에거턴 경의 비서가 됐다. 비서로 일하는 동안 에거턴 경의 조카인 앤 모어와 사랑에 빠졌고, 둘은 비밀리에 결혼하기에 이르렀다. 그러나 이들의 비밀결혼은 금방 발각됐다. 결국 그는 직위를 잃고 감옥에 갇히게 됐는데, 이때 앤에게 보낸 편지 한 줄이 압권이다.

"John Donne, Anne Donne, Un-done!"
("존 던, 앤 던, 안 끝났어요!")

어려움 속에서도 둘은 행복한 결혼생활을 이어갔다. 결혼 10년쯤 되던 해 그가 유럽 여행을 떠나면서 짧은 이별을 슬퍼하는 모어에게 준 것이 이 시 '이별의 말 – 슬퍼하지 말기를'이다.

시에도 드러나듯이 그는 지상의 사랑보다 천상의 사랑, 감각적 육체보다 영적인 믿음을 소중히 여겼다. 세상 연인들의 사랑은 감각적이어서 서로 떨어져 있는 걸 힘들어하지만 '부재가 무엇인지도 모를 정도'로 승화된 사랑은 연인의 눈과 입술, 손을 잠시 못 본다 해도 걱정할 게 없다는 것이다.

6연에서 두 영혼을 '끊기는 게 아니라, 늘어나는' 순금의 사랑으로 표현한 것도 마찬가지다. 순금이란 영원히 변하지 않고 아무리 두드려도 얇아질 뿐, 끊어지지 않는 순수의 결정체가 아니던가.

생략된 다음 연에서 그는 '우리의 영혼이 굳이 둘이어야 한다면/ 견고하게 붙어 있는 한 쌍의 컴퍼스 다리'라고 묘사했다. 한 몸에 두 개의 다리를 가진 컴퍼스. 시인은 고정된 한 다리가 다른 다리와 조화를 이뤄 완전한 원을 그려내는 '움직이는 고정'의 원리가 사랑이라고 말하고 있다. 그의 표현처럼 시작과 끝이 하나인 원은 영원불변의 완전체를 상징한다.

그는 형이상학파의 대가답게 이 같은 상징과 비유로 사랑의 위대함을 노래했다. 시뿐만 아니라 산문도 잘 썼다. 헤밍웨이가 소설 제목으로 차용한 '누구를 위하여 종은 울리나'도 그의 산문에 나오는 명구다.

소네트 89

윌리엄 셰익스피어

어떤 허물 때문에 나를 버린다고 하시면,
나는 그 허물을 더 과장하여 말하리라.
나를 절름발이라고 하시면 나는 곧 다리를 절으리라,
그대의 말에 구태여 변명 아니하며.
사랑을 바꾸고 싶어 그대가 구실을 만드는 것은
내가 날 욕되게 하는 것보다 절반도 날 욕되게 아니하도다.
그대의 뜻이라면 지금까지의 모든 관계를 청산하고,
서로 모르는 사이처럼 보이게 하리라.
그대 가는 곳에는 아니 가리라.
내 입에 그대의 이름을 담지 않으리라.
불경한 내가 혹시 구면이라 아는 체하여
그대의 이름에 누를 끼치지 않도록.
그대를 위하여서는 나를 대적하여 싸우리라.
그대가 미워하는 사람을 나 또한 사랑할 수 없나니.

시를 놓고 살았다 사랑을 놓고 살았다

┌　　그대를 위하여서는
　　　나를 대적하여 싸우리라
　　　　　　　　　　　　　　　　　　　　　　　　┘

　　셰익스피어(1564~1616)의 소네트 중 가장 유명한 작품이
다. 소네트란 일정한 운율과 형식을 갖춘 열네 줄짜리 사랑 시
다. 13세기 이탈리아에서 시작돼 전 유럽으로 퍼졌다.
　　셰익스피어가 남긴 소네트는 모두 154편이다. 이 시편들은
그의 4대 비극보다 더 애절하고 아름다워서 오늘날까지 수많은
연인의 마음을 설레게 한다.
　　사랑하는 사람의 이름에 누를 끼치지 않으려는 지고지순의
사랑. '소네트 89'의 마지막 두 행은 사랑의 숭고함을 가장 뛰어
나게 묘사한 절창 중의 절창이다.
　　'그대를 위하여서는 나를 대적하여 싸우리라./ 그대가 미워
하는 사람을 나 또한 사랑할 수 없나니.'

　　셰익스피어는 '천 개의 마음을 가진 시인'이라는 극찬을 받
았지만, 안타깝게도 그의 러브 스토리는 잘 알려져 있지 않다.
1564년 영국 남부에서 태어나 열세 살에 학교를 그만두고 집안

일을 해야 했던 그가 열아홉 살 되던 해에 여덟 살 연상의 앤 해서웨이라는 여인과 결혼했다는 사실만 확인됐다.

그는 대학도 다니지 못했다. 그런데도 타고난 언어 구사력과 무대예술 감각으로 최고의 시인·극작가가 됐다.

그가 《소네트시집》을 쓴 기간은 스물여덟 살에서 서른 살까지 2년 남짓이다. 결혼한 지 10년 정도 지난 시점이었다. 이 시집은 아내를 위한 연가였을까, 아니면 다른 여인에게 바친 밀어였을까.

시집 전체의 내용은 한 시인과 귀족 청년, 검은 여인의 삼각관계를 다루고 있다. 귀족 청년과 검은 여인이 시인의 영혼을 차지하려고 싸우는 선한 천사와 악한 천사로 의인화돼 있는 게 특징이다.

지금이야 소네트의 최고 걸작으로 꼽히지만, 1609년 출간 당시에는 제대로 빛을 보지 못했다. 성관계에 대한 노골적인 암시 등 내용이 부도덕하다는 게 이유였다.

그가 이 시집을 출간했을 때의 나이는 45세. 헌사에 나오는 헌정 대상 인물의 이니셜 W. H.가 누구를 가리키는지 숱한 해석이 분분했지만 아직도 베일에 싸여 있다. 20세기 미국 평론가

해럴드 블룸 등 세계적인 연구자들은 "셰익스피어가 천재성을 완벽하게 발휘한 작품"이라고 극찬하면서도 소네트의 주인공을 밝혀내지 못했다.

하지만 그 숭고한 사랑의 원천은 지금도 마르지 않고 우리 영혼의 샘물로 찰랑거린다. '그대를 위하여서는 나를 대적하여 싸우리라'던 그의 절대적 사랑을 받은 여인의 정체가 그래서 더욱 궁금하다.

당신을 어떻게 사랑하느냐고요?

엘리자베스 브라우닝

당신을 어떻게 사랑하느냐고요? 헤아려 보죠.
보이지 않는 존재의 끝과 영원한 은총에
내 영혼이 닿을 수 있는 그 깊이와
넓이와 높이까지 당신을 사랑합니다.
태양 밑에서나 또는 촛불 아래서나,
나날의 가장 행복한 순간까지 당신을 사랑합니다.
권리를 주장하듯 자유롭게 사랑하고
칭찬에서 수줍어하듯 순수하게 당신을 사랑합니다.
옛 슬픔에 쏟았던 정열로써 사랑하고
내 어릴 적 믿음으로 사랑합니다.
세상 떠난 모든 성인과 더불어 사랑하고,
잃은 줄만 여겼던 사랑으로써 당신을 사랑합니다.
나의 한평생 숨결과 미소와 눈물로써 당신을 사랑합니다.
신의 부름 받더라도 죽어서 더욱 사랑하리다.

신의 부름 받더라도
더욱 사랑하리다

　영국 문학사상 최고의 러브 스토리를 남긴 여성 시인. 당대의 스타였으나 부모형제를 버리고, 부와 영예도 버리고 연하의 무명 시인과 사랑의 도피를 감행한 여인. 바로 엘리자베스 브라우닝(1806~1861)이다.

　그녀는 열다섯 살에 낙마 사고로 척추를 다치고 몇 년 뒤 가슴 동맥이 터져 시한부나 다름없는 인생을 살았지만, 사랑의 힘으로 행복한 결혼생활을 보내고 네 번의 유산 끝에 사랑스러운 아들까지 낳았다. 그 아들은 훗날 뛰어난 조각가가 됐다. 이처럼 드라마틱한 이야기 덕분에 그녀가 남긴 사랑 시는 영국뿐만 아니라 전 세계적으로 유명해졌다.

　엘리자베스는 여덟 살 때 호메로스의 작품을 그리스어로 읽고, 열네 살 때 서사시 '마라톤 전쟁'을 쓸 만큼 조숙한 소녀였다. 그러나 소아마비에 척추병, 동맥 파열 등이 겹쳐 늘 자리에 누워 지내야 했다. 침실에서 나가는 것조차 힘들었다. 유일한 즐거움은 독서와 시 쓰기뿐이었다.

그러다 서른아홉 살 때 두 번째 시집을 출간한 뒤 모르는 사람의 편지 한 통을 받았다. "당신의 시를 사랑합니다. 당신의 시집을 사랑합니다. 그리고 사랑합니다. 당신을."

여섯 살 연하의 무명 시인 로버트 브라우닝(1812~1889)이 보낸 연서였다. 장애와 병 때문에 로버트의 사랑을 받아들일 수 없었던 그녀는 이렇게 답장을 썼다.

'나에게서 볼 만한 것은 아무것도,/ 나에게서 들을 것은 아무것도 없어요./ 제가 쓴 시가 저의 꽃이라면/ 저의 나머지는 흙과 어둠에 어울리는 한낱 뿌리에 불과해요.'

그러나 로버트의 구애는 계속됐다. '그대여, 사랑해주지 않으시렵니까/ 그대의 사랑이 지속되는 한 언제까지나 기다리고 있겠습니다./ 죽음이란 아무것도 아니랍니다./ 그대여 사랑해주지 않으시렵니까.'

이렇게 주고받은 편지는 573통이나 됐다. 그 사이에 얼음 같던 그녀의 마음도 서서히 녹기 시작했다. 드디어 로버트의 사랑을 받아들이는 그녀. 처음엔 초라한 자신의 모습 때문에 만나는 것조차 꺼렸지만 이내 용기를 냈다. 그녀는 몸을 일으켰고 6년 동안 떠나본 적 없는 방에서 걸어 나왔다. 이후 건강이 몰라보게 좋아졌다.

그러나 엘리자베스의 아버지는 이들의 사랑을 극구 반대했다. 딸의 상태를 누구보다 잘 아는 아비로서 앞날이 구만리 같은 한 청년의 인생을 망치게 할 수 없다는 것이었다. 병 때문에 거의 강박적으로 딸을 과잉보호해온 아버지로서는 어쩔 수 없었을지도 모른다.

결국 두 사람은 친구와 하녀만이 지켜보는 가운데 비밀결혼식을 올리고 이탈리아의 피렌체로 떠나 그곳에 보금자리를 꾸렸다. 새로운 곳에서 새로운 인생을 시작하던 그때, 들길을 거닐며 산책하던 중 그녀가 로버트의 외투 주머니에 쪽지를 하나 넣어줬다. 거기에 쓰인 시가 '당신을 어떻게 사랑하느냐고요?'였다. 몇 번이나 거부한 끝에 로버트의 진실한 마음을 받아들인 그녀가 영원한 사랑을 다짐하는 노래다.

'한평생 숨결과 미소와 눈물로' 온전히 사랑한 사람에게 바친 연애 시. 그래서 어떤 미사여구보다 깊은 울림과 감동을 준다.

그녀는 사랑의 힘으로 병을 극복하고 활기를 되찾았다. 그렇게 15년 동안 '옛 슬픔에 쏟았던 정열'과 '어릴 적 믿음'을 아우르는 행복 속에 살다가 남편의 품에서 눈을 감았다. 55세였다.

평생 누워 지내야 할 자신을 그토록 사랑해준 남편을 통해 '잃은 줄만 여겼던' 열정을 되찾고, 한없이 큰 사랑 속에서 삶을 온전하게 마감한 그녀의 생애를 생각하면 시의 의미가 더욱 애틋하게 다가온다.

또 다른 시 '당신이 날 사랑해야 한다면'에서 '당신이 날 사랑해야 한다면, 오직 사랑을 위해서만 사랑해주세요'라고 노래했던 엘리자베스. 연민이나 동정이 아닌 절대적 사랑의 의미를 일깨워주는 이 시구처럼 눈물겹도록 아름다운 두 사람의 러브 스토리는 200년이 지난 지금도 우리 가슴을 울린다. 허둥대며 시간을 낭비하는 사람들에게 진정한 삶의 자세를 생각하게 해준다.

'사랑하는 시간을 따로 떼어두어라/ 그것은 인생이 너무 짧기 때문이다'라는 로버트 브라우닝의 시구와 함께 음미하면 더욱 좋다.

© Erste Liebe, 2017

빛나는 별이여

존 키츠

빛나는 별이여, 내가 너처럼 한결같다면 좋으련만 —
밤하늘 높은 곳에서 외로운 광채를 발하며,
참을성 많고 잠들지 않는 자연의 은자처럼,
영원히 눈을 감지 않은 채,
출렁이는 바닷물이 종교의식처럼
육지의 해안을 정결하게 씻는 걸 지켜보거나,
혹은 산과 황야에 새롭게 눈이 내려
부드럽게 쌓이는 것을 가만히 응시하는 게 아니라 —
그런 게 아니라 — 다만 여전히 한결같이, 변함없이,
아름다운 내 연인의 풍만한 가슴에 기대어,
부드럽게 오르내리는 것을 영원히 느끼며,
그 달콤한 동요 속에서 언제까지 깨어있으면서,
평온하게, 그녀의 부드러운 숨소리에 귀 기울이며,
그렇게 영원히 살고 싶어라 — 아니면 차라리 죽어지리라.

이웃집 처녀에게 바친
존 키츠의 비밀편지

영국 시인 존 키츠(1795~1821)의 시는 유독 많은 사람들의 사랑을 받았다. 단 4년간 활동한 뒤 26세에 요절하기도 했지만 영국 낭만주의 대표 시인이 된 천재였기에 그렇기도 했다.

그가 몇 년만 더 살았더라면 세계문학사가 달라졌을 것이라며 아쉬워하는 사람도 많았다. 셰익스피어의 뒤를 이을 재목으로 평가받았고 바이런, 셸리와 더불어 당대 시단의 최고봉으로 일컬어졌으니 그럴 만했다.

짧은 생애에 비해 많은 작품을 쓴 그는 '가장 아름다운 서정시'와 '가장 비극적인 러브 스토리'를 동시에 남겼다는 점에서도 남다른 주목을 받았다. 그의 사랑 얘기를 그린 제인 캠피온 감독의 영화 〈브라이트 스타〉가 흥행한 뒤에는 더욱 그랬다.

사람들이 특별히 궁금해한 것은 그가 죽기 전 끔찍이 사랑한 연인이 누구인가 하는 점이었다. 그의 마지막 순간을 지킨 친구는 알고 있었지만, 여인의 남은 생을 위해 입을 다물었기에 궁금증은 더했다.

나중에야 알려졌지만 그의 연인은 패니 브론이라는 이웃집 처녀였다. 유명한 연시 '빛나는 별이여'도 그녀를 위해 쓴 것이었다.

그녀를 처음 만난 것은 스물세 살 때인 1818년 가을. 첫 시집을 내고 출판사의 주목을 받기 시작한 지 1년쯤 됐을 때였다. 수줍게 악수를 청하는 패니의 손을 잡는 순간 그는 눈이 멀어버렸다. 활발하면서도 재치 있는 그녀의 언어에 특히 반했다. 그녀도 감수성이 풍부한 청년 키츠에게 점차 빠져들었다.

그 무렵 동생이 폐결핵으로 죽자 키츠는 충격을 받았다. 여덟 살 때 아버지를 여의고 열네 살 때 어머니를 잃었으니 오죽했으랴. 그나마 패니 덕분에 괴로움을 이겨낸 그는 날마다 그녀에게 편지를 보냈다.

"우리가 나비라면 얼마나 좋을까요. 그렇게 여름 사흘을 당신과 함께 보낸다면, 그저 그런 50년을 사는 것보다 더 행복할 것 같아요."

둘은 1년 만에 약혼했다. 그러나 몇 달 뒤 키츠가 결핵으로 쓰러지고 말았다. 병세가 악화돼 로마로 요양을 떠날 때 그는 동행하려는 연인의 손길을 거부했다. 대신 "당신이 없어도 행복을 느낄 수 있는 선물을 하나 줘!"라고 부탁했다. 그녀는 붉은색이 도는 타원형의 보석 홍옥수(紅玉髓)를 손에 쥐어주며 눈물을 흘렸다.

그렇게 헤어진 그는 로마 스페인광장 옆에 있는 집에서 병마와 싸우다 홍옥수를 어루만지며 친구의 품에서 숨을 거두었다. 죽기 전 '여기 물 위에 이름을 새긴 사람이 누워 있노라'라는 묘비명을 새겨달라고 부탁한 채…….

친구는 그의 요청과 달리 다음과 같은 글귀로 묘비를 장식했다. "이 묘에는 영국 젊은 시인의 유해가 묻혀 있다. 죽음의 자리에서 고국 사람들의 무심함에 극도로 고뇌하던 그는 묘비에 이런 말이 새겨지기를 원했다. '여기 물 위에 이름을 새긴 사람이 누워 있노라.'"

그의 묘비명 역시 '빛나는 별이여'라는 시만큼 아릿하다. 그러나 그의 사랑은 '물 위에 새긴 이름'처럼 결코 허망하게 스러지지 않았다. 그가 대영박물관의 고대 그리스 자기(瓷器) 항아리에 조각된 그림에서 영감을 받아 쓴 시 '그리스 항아리에 부치는 노래'에도 영원한 사랑의 선율이 새겨져 있다.

들리는 선율은 감미롭다.

하지만 저들의 들을 수 없는 선율은 더욱 감미롭다.

그러므로 피리들이여, 고요 속에서 계속 연주하라.

더욱 감미로운 노래를, 감각적인 귀가 아닌 마음의 귀에,

음색이 없는 영혼의 소곡들을 불어 달라.

나무 아래에 있는 아름다운 젊은이여,

그대는 그대의 노래를 결코 떠날 수 없으리라.

또한 저 나무들도 발가벗은 모습을 결코 내보이지 않으리라.

용감한 연인이여,

그대는 절대로, 절대로 사랑의 키스를 성취하지 못하리.

그녀의 입술에 거의 접근했건만…….

하지만 슬퍼하지 마라.

그녀는 결코 사라지지 않으리,

비록 그대가 열락을 맛보지 못했지만,

그대는 그녀를 영원히 사랑할 수 있으리,

그녀는 영원히 아름다우리!

이 시에서도 그의 사랑은 애틋하다. 두 연인이 낙원의 나무 아래에서 사랑을 나누려 하지만 여인의 입술에 아슬아슬하게

접근한 남자의 입술은 거기에서 멈춘다. 하지만 그는 남자의 입술이 항아리와 함께 굳어 영원의 시간 속에 멈췄기 때문에 실망할 필요가 없다고 노래한다. 그녀의 입술 역시 영원히 사라지지 않고 그 앞에 있기 때문이다.

먼저 가
기다리겠습니다

산정의 샘물이
계곡 지나 들판 껴안고
강물 쓰다듬으며
마침내 가 닿는 바다

비로소 당신을 온전하게 만나는
궁극의 그곳

가지 않은 길

로버트 프로스트

노란 숲속에 두 갈래 길이 있었습니다.
나는 두 길을 다 가지 못하는 것을 안타까워하며,
오랫동안 서서 한 길이 굽어 꺾여 내려간 데까지,
바라다볼 수 있는 데까지 멀리 바라다보았습니다.

그리고 똑같이 아름다운 다른 길을 택했습니다.
그 길에는 풀이 더 있고 사람이 걸은 자취가 적어,
아마 더 걸어야 될 길이라고 생각했지요.
그 길을 걸으므로, 그 길도 거의 같아질 것이지만.

그날 아침 두 길에
낙엽을 밟은 자취는 없었습니다.
아, 나는 다음 날을 위해 한 길은 남겨 두었습니다.
길은 길에 연하여 끝없으므로
내가 다시 돌아올 것을 의심하면서…….

훗날에 훗날에 나는 어디선가
한숨을 쉬며 이야기할 것입니다.
숲속에 두 갈래 길이 있었다고,
나는 사람이 적게 간 길을 택했다고,
그리고 그것 때문에 모든 것이 달라졌다고.

다음 날을 위해 남겨 두었던
한 갈래 길

로버트 프로스트(1874~1963)는 평생 한 번 타기도 어려운 풀리처상을 네 차례나 받은 미국 최고의 계관시인이다. 열 살 때 아버지가 돌아가신 뒤 오랫동안 버몬트 농장에서 주경야독의 생활을 계속했다. 그 경험을 살려 소박한 농민들의 삶과 자연의 섭리를 노래했고, 현대 미국 시인 중 가장 순수한 고전적 시인으로 이름을 날렸다.

'가지 않은 길'은 그가 실의에 빠져 있던 20대 중반에 썼다고 한다. 문단에서 인정을 받은 것도 아니고 직업도 뚜렷하게 없었으며 기관지 계통의 병까지 앓고 있던 때였으니, 그야말로 외롭고 쓸쓸하고 궁핍한 시절이었다. 그런 그의 집 앞에 숲으로 이어지는 두 갈래 길이 나 있었다. 그 길과 자신의 처지를 생각하면서 이 시를 썼다고 한다.

그의 시가 알려주듯이 누구도 두 길을 동시에 걸을 수는 없다. 한 길에 들어선 뒤에는 그 길을 되돌릴 수도 없다. 시간을 거스를 수 없기 때문이다. 그것이 선택이고 숙명이며 인생이다.

"인생은 B(Birth·탄생)와 D(Death·죽음) 사이의 C(Choice·선택)다"라는 사르트르의 말처럼 우리 삶은 '선택'의 연속이다. 입을 옷이나 점심 메뉴를 고르는 사소한 일부터 진로를 결정하고 배우자를 선택하는 중대사까지 모두 그렇다.

〈내셔널지오그래픽〉에 따르면 우리는 하루에도 150여 차례나 선택의 기로에 놓인다. 이 중에서 신중하게 고민하는 것은 30차례 정도에 불과하고, 올바른 선택이라며 미소를 짓는 경우는 5차례도 안 된다고 한다.

어떤 선택도 '후회'와 '미련'에서 자유로울 수 없다. '두 길을 다 가지 못한 것을 안타깝게 생각'하기 때문이다. 영국 시인 존 밀턴도 "인간은 어떤 선택을 해도 후회하게 마련이며, 이것을 극복하는 것이 곧 성공"이라고 하지 않았던가.

그러니 훗날 '가지 않은 길'을 바라보며 한숨 쉬지 않으려면 자신이 선택한 길에서 최선을 다해야 한다. 그 여정이 비록 험난할지라도 그 길을 택한 용기의 의미와 '선택의 가치'를 아는 사람만이 인생의 길 끝에서 환하게 웃을 수 있기 때문이다.

드레퓌스의 벤치에서
─ 도형수(徒刑囚) 짱의 독백

구상

빠삐용! 이제 밤바다는 설레는 어둠뿐이지만 코코 야자
자루에 실려 멀어져 간 자네 모습이야 내가 죽어 저승에 간
들 어찌 잊혀질 건가!

빠삐용! 내가 자네와 함께 떠나지 않은 것은 그까짓 간수
들에게 발각되어 치도곤이를 당한다거나, 상어나 돌고래들
에게 먹혀 바다귀신이 된다거나, 아니면 아홉 번째인 자네
의 탈주가 또 실패하여 함께 되옭혀 올 것을 겁내고 무서워
해서가 결코 아닐세.

빠삐용! 내가 자네를 떠나보내기 전에 이 말만은 차마 못했네만 가령 우리가 함께 무사히 대륙에 닿아 자네가 그리그리던 자유를 주고, 반가이 맞아 주는 복지(福地)가 있다손, 나는 우리에게 새 삶이 없다는 것을 알게 되었단 말일세. 이 세상은 어디를 가나 감옥이고 모든 인간은 너나 없이 도형수(徒刑囚)임을 나는 깨달았단 말일세.

이 '죽음의 섬'을 지키는 간수의 사나운 눈초리를 받으며 우리 큰 감방의 형편없이 위험한 건달패들과 어울리면서 나의 소임인 200마리의 돼지를 기르고 사는 것이 딴 세상 생활보다 좋지도 나쁘지도 않다는 것을 터득했단 말일세.

빠삐용! 그래서 자네가 찾아서 떠나는 자유도 나에게는 속박으로 보이는 걸세. 이 세상에는 보이거나 보이지 않거나 창살과 쇠사슬이 없는 땅은 없고, 오직 좁으나 넓으나 그 우리 속을 자신의 삶의 영토(領土)로 삼고 여러 모양의 밧줄을 자신의 연모로 변질(變質)시킬 자유만이 있단 말일세.

빠삐용! 이것을 알고 난 나는 자네마저 홀로 보내고 이렇듯 외로운 걸세.

시를 놓고 살았다 사랑을 놓고 살았다

빠삐용!
　　자네가 찾는 자유가 또 다른 속박은 아닐지

　　구상(1919~2004) 시인이 노년에 쓴 시다. 시 제목의 '드레
퓌스의 벤치'는 영화 〈빠삐용〉(1973)에 나오는 악마섬(Ile du
Diable·프랑스령 남미 기아나의 외딴섬) 벼랑에 있는 긴 의자다. 유대
계 프랑스 대위로 반역죄에 몰려 빠삐용처럼 이 섬에 갇혔다가
에밀 졸라 등의 노력으로 풀려난 드레퓌스의 이름을 딴 것이다.
부제의 '짱'은 빠삐용의 탈출을 몰래 도운 뒤 악마섬에 그대로
남은 동료 죄수의 이름이다.

　　알다시피 영화 〈빠삐용〉은 한 무기징역수의 실록 자서전을
각색한 것이다. 주인공 앙리 샤리에르(스티브 매퀸 분)는 가슴에
나비 문신이 있어 '빠삐용(Papillon·프랑스어로 '나비')'으로 불렸다.
별명만큼이나 자유를 향한 갈구가 강했던 그의 일생은 참으로
기구했다.

　　그는 1931년 파리의 악덕 포주를 살해한 혐의로 구속됐다.
범행을 강하게 부인했지만 끝내 종신형을 받고 유형의 섬에 갇
혔다. 3년 뒤 첫 번째 탈옥에 성공한 그는 조각배로 약 2900킬

로미터를 항해해 정글 지대에 도착했다. 거기서 원주민과 살며 도피생활을 했으나 결국 또 붙들려 5년의 독방형을 받고 악마섬으로 이송됐다.

이곳에서 머리가 백발이 되고 이가 다 빠지고 다리를 절룩거리면서도 그는 포기하지 않았다. 드디어 운명의 날, 깎아지른 절벽 아래로 야자 열매를 엮은 부대자루를 던지고 바다로 뛰어든 그는 집채만 한 파도를 헤치며 먼 수평선으로 나아간다. 함께 가자는 권유를 뿌리치고 남은 동료 드가(더스틴 호프만 분)가 멀어져가는 그를 오래 지켜보다 발길을 돌리는 게 영화의 하이라이트다.

구상의 시는 바로 이 장면에서 나왔다. '빠삐용! 그래서 자네가 찾아서 떠나는 자유도 나에게는 속박으로 보이는 걸세' '이것을 알고 난 나는 자네마저 홀로 보내고 이렇듯 외로운 걸세'라는 독백이 그렇게 쓸쓸할 수가 없다.

영화는 이렇게 끝나지만 현실의 뒷얘기는 더욱 극적이다. 탈출에 성공한 실존인물 앙리 샤리에르는 베네수엘라에서 여러 직업을 전전하다 식당을 차려 큰돈을 벌었다. 그러다 환갑이 넘은 1969년에 자서전《빠삐용》을 써 500만 부 이상의 대박을 터

뜨렸다. 그 덕분에 죽기 3년 전엔 프랑스 정부로부터 사면까지 받았다.

파란만장한 그의 일생은 진정한 자유와 참다운 행복의 가치가 무엇인지를 깊이 생각하게 한다. 이 시는 구도자적인 시인의 눈을 통해 돌아보는 생의 본질이라는 점에서 더욱 의미심장하다. 참으로 '보이거나 보이지 않거나 창살과 쇠사슬이 없는 땅'은 어디에 있는 걸까. 내 삶의 벼랑 끝에 있는 '드레퓌스의 벤치'는 어떤 모양일까.

소주병

공광규

술병은 잔에다
자기를 계속 따라주면서
속을 비워간다

빈 병은 아무렇게나 버려져
길거리나
쓰레기장에서 굴러다닌다

바람이 세게 불던 밤 나는
문 밖에서
아버지가 흐느끼는 소리를 들었다

나가보니
마루 끝에 쪼그려 앉은
빈 소주병이었다.

대천해수욕장 포장마차에서
소주 마시다 쓴 시

이 시는 대천해수욕장 포장마차에서 조개구이를 안주로 소주를 마시다가 착상한 것이라고 한다. 빈 소주병을 입에 대고 불면 붕붕, 하고 우는 소리가 난다. 이 소리를 아버지의 울음소리로 연결시킨 것. 계속 따라주기만 하다 끝내 버려지는 소주병을 아버지의 삶에 비유했다.

소주는 국민술. 아버지는 가족을 위해 돈을 벌고, 큰집을 사고, 자식들을 잘 키우려고 무진 애를 쓰다가 늙어서 버려지는 결핍과 실패의 산물. 사회적 지위나 빈부에 상관없이 아버지의 인생은 대부분 결핍의 인생이다.

시인의 아버지도 다른 아버지들처럼 가족의 생계를 위해 애썼다. 평생 도시와 광산으로 떠돌다 농촌에 정착해서 아침저녁으로 일만 했다.

소주를 마시던 체험과 실패한 인생을 한탄하던 아버지, 그 아버지의 말년 기억을 교직시켜 만든 것이 이 시다. 우리는 이 시를 읽고 저마다 아버지에 관한 경험 속으로 빠지고, 비슷한 경험의 연대를 통해 무한한 공감을 얻는다.

　요즘 아버지들의 인생은 참 고달프다.
　"취업이 안 돼 대학원 들어간 아들 뒷바라지하고 딸 시집보내야 한다. 요양병원에 모신 어머니도 보살펴야 한다. 회사에선 언제 쫓겨날지 모르고, 늘어나는 약봉지에 우울증까지 겹쳤다. 내가 무너지면 가정이 무너지는데 어떻게든 버텨야 한다. 노후 준비는 생각도 못한다."
　이전엔 자녀가 대학 졸업하고 취직해 부모를 돕는 선순환 구조가 있었지만, 지금은 50대가 노부모뿐만 아니라 20~30대 자녀까지 부양하는 상황이 됐다. 효도하는 마지막 세대이자 효도 받기를 포기한 처음 세대를 뜻하는 '막처세대'라는 신조어까지 등장했다.
　50대의 가장 큰 불안은 경제, 그 다음은 노후와 건강이다. 그런데 돈 들어갈 곳은 여전히 많다. 한 설문조사 결과에 따르면 생활비로 54.5퍼센트, 자녀교육비로 26.6퍼센트, 대출상환으로 14.5퍼센트를 쓴다. 새끼 먹이로 제 살까지 내어주는 염낭거미와 다를 바 없다. 50대의 의식구조는 아직도 '자녀가 취업하고 결혼할 때까지 부양해야 한다'는 게 대세다.

이러니 자신을 위한 노후 준비는 꿈도 못 꾼다. 은퇴설계 전문가들이 50대 초반 이후 10년간을 '노후 준비의 골든타임'으로 꼽지만, 구체적인 계획을 가지고 준비하고 있다는 사람은 열 명 중 한 명도 안 된다.

고용불안은 더하다. 민간 기업에선 50대 안팎부터 명예·희망퇴직 압력을 받는다. 정년이 연장돼도 임금피크제로 뒷방 신세를 지는 등 나이 차별에 직면한다. 젊은이들이 기피하는 질 낮은 일을 맡아도 일자리 뺏는다는 공격을 받는다. 정부 지원은 젊은 층과 노년층에 치우쳐 있다.

생각해보면 50대야말로 우리가 한 번도 가보지 않은 100세 시대의 '진정한 중년'이다. 서양 사회학자들이 '세 번째 인생' '제2의 성인기'라고 부르는 이유도 여기에 있다.

그러나 현실은 딴판이다. 일본의 50대가 겪었듯이 우리도 서서히 '삶은 개구리'가 돼가는 것은 아닌지……. 그래서 아버지의 술잔엔 '보이지 않는 눈물이 절반'이라 했던가.

---

* 공광규, 《소주병》, 실천문학, 2004

홍시여 잊지 말라

너도 젊었을 땐

떫었다는 것을

【たるがきの 澁き昔を 忘るるな】

꽃잎 핀 아침

시를 노래하는

그이의 소식이려나

【花の朝 歌よむ人の 便り哉】

나쓰메 소세키

꽃잎 핀 아침,
그이의 소식은

'일본의 셰익스피어'로 불리는 나쓰메 소세키(1867~1916)
의 하이쿠다.

첫 시 '홍시여 잊지 말라/ 너도 젊었을 땐/ 떫었다는 것을'
에 나오는 '홍시'는 말랑말랑하게 잘 익은 우리나라식의 붉은 감
이 아니라 '타루가키'라고 하는 감 장아찌를 가리킨다. 일본 사
람들이 감의 떫은맛을 없애려고 소금을 뿌려 오래 삭혀서 먹는
음식이다. 인생의 경륜을 홍시에 비유하고, 젊은 날의 객기를 떫
은 감에 빗댄 하이쿠 명편이다.

두 번째 시는 2014년 발견된 미발표 하이쿠. 소설《도련님》
의 무대인 진조중학교의 동료 교사에게 쓴 편지에 동봉한 것이
다. 작별 인사차 왔다가 그를 만나지 못하고 돌아간 동료에게 미
안해하는 마음을 시로 써 보냈다. 마당가에 핀 꽃을 보고 당신의
소식이 아닐까 생각했다는 마음이 '꽃잎 핀 아침/ 시를 노래하
는/ 그이의 소식이려나'라는 짧은 시에 잘 녹아 있다.

시를 놓고 살았다 사랑을 놓고 살았다

그의 대표 소설 《나는 고양이로소이다》에도 하이쿠가 많이 나온다. 소설 속 구샤미 선생의 곰보 자국처럼 그도 천연두 자국이 있었는데, 이를 하이쿠에 접목하기도 했다.

'으스름달밤/ 얼굴과 안 어울리는/ 사랑을 하네.'

뿐만 아니라 치질 수술을 받으러 입원했을 때도 '가을바람 속/ 도축 당하러 가는/ 소의 엉덩이'라는 시를 남겼으니 가히 '일본의 셰익스피어'다운 솜씨다.

하이쿠란?
5-7-5의 17자로 된 일본 고유의 단시다. 글자 수만 맞추는 게 아니라 기본 작법도 철저히 지킨다. 계절 감각을 나타내는 말을 꼭 넣어야 하고, 그 자체로 완결성을 가져야 하며, 반드시 끊어 읽는 맛이 나야 한다. 짧지만 촌철살인의 지혜와 통찰을 담아낼 수 있는 것도 이런 작법 덕분이다.

잔나비 울음 듣는 이여

버려진 아이에게 가을바람 부네

어찌하리오

【猿を聞人捨子に秋の風いかに】

재 속 화롯불

사그라드네

눈물 끓는 소리

【埋火も消ゆや涙の烹ゆる音】

마쓰오 바쇼

시를 놓고 살았다 사랑을 놓고 살았다

번개를 보면서도
삶이 한순간인 걸 모르다니

마쓰오 바쇼(1644~1694)는 일본 에도 시대 초기의 방랑시인이다. 워낙 인기가 많아서 일본에 그의 시비만 4천 개가 넘는다. 2천여 편의 하이쿠를 남긴 그는 본명 무네후사보다 바쇼라는 호로 더 유명하다.

그는 여행을 좋아했다. '잔나비 울음 듣는 이여'는 어느 가을날 강가에 버려져 슬피 우는 세 살 아이를 보고 쓴 것이다. 혹한을 앞둔 시점, 소맷자락에서 먹을 것을 꺼내 준 뒤 그는 떨어지지 않는 발걸음을 옮긴다. 여기에서 잔나비는 단장(斷腸)의 유래가 된 중국 고사 속의 어미 원숭이다. 환공이 원숭이 새끼 한 마리를 주워 데려가는 동안 어미가 수백 리를 쫓아오다 죽었는데 뱃속을 갈라 보니 창자가 끊어져 있었다는 바로 그 얘기다.

'재 속 화롯불'은 친지의 죽음을 추모하며 유가족에게 보낸 조문 시다. 눈물이 떨어져 화롯불을 꺼뜨리거나, 떨어진 눈물이 그 불 속에서 끓거나, 마음의 불길이 뜨겁게 타오르거나, 화롯불이 사그라질 때까지 바라보며 말없이 슬픔을 가누는 모습을 '눈물 끓는 소리'로 집약했다.

'하이쿠의 성인'으로 불리는 바쇼의 시는 언제 읽어도 새롭다. 특히 '얼마나 놀라운 일인가/ 번개를 보면서도/ 삶이 한순간인 걸 모르다니' 같은 작품은 번뜩이는 영감과 깊은 성찰을 동시에 주는 절창 중의 절창이다.

2부

격정적 사랑 & 비운의 사랑

아말피의 밤 노래

세라 티즈데일

별들이 빛나는 하늘에게 물었네.
내 사랑에게 무엇을 주어야 할지
하늘은 내게 침묵으로 대답했네.
위로부터의 침묵으로

어두워진 바다에게 물었네.
저 아래 어부들이 지나다니는 바다에게
바다는 내게 침묵으로 대답했네.
아래로부터의 침묵으로

나는 울음을 줄 수 있고
또한 노래도 줄 수 있는데
하지만 어떻게 침묵을 줄 수 있을까.
나의 전 생애가 담긴 침묵을.

어떻게 줄 수 있을까,
나의 전 생애가 담긴 침묵을

　사랑의 밑바닥에는 얼마나 깊고 넓은 항아리가 있을까. 별이 빛나는 하늘도, 어부들이 지나는 밤바다도 다 담고 싶지만 아무런 말이 없는 항아리. 내 사랑에게 무엇을 주어야 그 항아리가 말을 할까. 눈물이든 노래든 무엇이든 다 주겠건만 아, '나의 전 생애가 담긴 침묵'을 어떻게 줄 수 있단 말인가. 침묵이 메아리쳐 돌아온다 한들 그 또한 침묵일 테니…….

　'아말피의 밤 노래'는 미국 여성 시인 세라 티즈데일(1884~1933)의 연시다. 티즈데일의 생애는 고독했지만 시는 감미롭고 섬세하다. 이 시의 배경은 이탈리아 남부 소렌토의 그림 같은 바닷가 마을 아말피. 유네스코가 '가장 아름다운 문화유산'으로 선정한 명소다. '신들의 산책로'로 불리는 해안길은 정말로 하늘빛을 닮았다. 시인은 이 길을 밤에 혼자 걸었을 것이다. 모든 것을 감싸주는 침묵과 함께.

　그녀는 어릴 때부터 몸이 약했다. 병치레가 잦아서 학교도 열 살이 되어서야 들어갔다. 친구들과 마음껏 어울리지 못해 외로웠다. 그런 그녀에게 친구가 돼준 것은 시집이었다. 시를 쓰기 시작한 것은 열다섯 살 무렵이었다.

스무 살 때 그녀는 가족과 함께 간 플로리다 해변에서 청년 시인 베이첼 린지를 만났다. 베이첼은 뉴욕에서 800여 킬로미터나 도보로 여행하는 동안 시를 팔아 끼니를 해결했다. 그만큼 궁핍한 남자였지만, 그녀는 그에게 푹 빠졌다. 그러나 운명의 여신은 야속했다. 베이첼이 그녀의 사랑을 감당하기에 너무 가난한 자신의 처지를 비관해서 떠나버린 것이다.

이후 그녀는 자신의 시를 좋아하는 사업가와 결혼했다. 그런데도 실연의 상처는 아물지 않았다. 결국 그녀는 마흔다섯 살에 이혼하고 뉴욕에서 혼자 살았다.

그러던 어느 날 우연히 베이첼과 마주쳤다. 너무나 반가워서 소리를 지를 뻔했다. 그는 다른 여자와 결혼해 가정을 꾸리고 있었다.

다시 불붙은 사랑은 너무나 뜨거웠다. 하지만 이번에도 인연의 끈은 너무 짧았다. 1년도 안 돼 베이첼이 스스로 목숨을 끊어버린 것이다. 억장이 무너지는 슬픔에 그녀는 말을 잃었다. 그렇게 혼자 방 안에 틀어박혀 침묵하다 얼마 후 그의 뒤를 따라 저세상으로 가고 말았다. 세상에!

안타까운 그녀의 생애를 따라가다 보면 숨이 턱 막힌다. 잠시 마음을 가다듬고 그녀의 또 다른 시 '선물'을 찾아 읽는다.

나 한평생 살면서
첫사랑에게는 웃음을
두 번째 사랑에게는 눈물을
세 번째 사랑에게는 침묵을 선사했네.
첫사랑은 내게 노래를 주었고
두 번째 사랑은 내 눈을 뜨게 해줬지.
아, 그러나 내 영혼을 일깨워준 것은
세 번째 사랑이었어라.

여기서 침묵은 곧 영혼이다. 말없음으로써 가장 큰 울림을 주는 침묵의 소리! 첫사랑의 노래와 두 번째 사랑의 눈물과 세 번째 사랑의 영혼을 모두 보듬어 안는 침묵의 품. 그것은 마침내 모든 허물을 덮고, 허물 때문에 더 사랑하는 숭고의 미학으로 우리를 끌어올린다.

'허물'이라는 시에서 그녀는 사랑하는 사람의 허물 때문에 더욱 사랑했노라고 고백했다.

그들이 내게 와서 당신의 허물을 말해주었습니다.
당신의 허물을 하나하나 자세히도 말해주었지요.
그들이 말을 마치자 나는 소리 내어 웃고 말았지요.
당신의 모든 허물을 이미 너무도 잘 알고 있었으니까요.
아, 그들은 눈이 멀어, 너무도 눈이 멀어 볼 수 없었지요.
허물 때문에 내가 당신을 그만큼 더 사랑한다는 것을.

평생을 병약과 고독으로 아파했지만 그녀는 마침내 시와 사랑을 통해 진정한 구원을 얻을 수 있었다. 거친 바람 속에서 휘어졌다가 다시 일어서는 보리처럼 긴 낮과 긴 밤의 슬픔을 부드러운 노래로 바꾸면서…….

나아가 '연금술'이라는 시에서는 봄비가 노란 데이지꽃을 피워 올리는 것을 보고 '생기 없는 슬픔의 술'을 '살아 있는 황금빛'으로 바꾸는 것까지 배웠으니, 지상에서 가장 신비로운 생의 연금술을 체득한 사람은 바로 그녀였다.

내 눈의 빛을 꺼주소서

라이너 마리아 릴케

내 눈의 빛을 꺼주소서, 그래도 나는 당신을 볼 수 있습니다,
내 귀를 막아주소서, 그래도 나는 당신의 목소리를 들을
수 있습니다,
발이 없어도 당신에게 갈 수 있고,
입이 없어도 당신의 이름을 부를 수 있습니다.
내 팔을 부러뜨려주소서, 나는 손으로 하듯
내 가슴으로 당신을 끌어안을 것입니다,
내 심장을 막아주소서, 그러면 나의 뇌가 고동칠 것입니다,
내 뇌에 불을 지르면, 나는 당신을
피에 실어 나르겠습니다.

루 살로메에게 바친
청년 릴케의 연정

독일 프랑크푸르트 도서전에 참가했다가 뮌헨으로 가는 기차에서였다. 이 시를 읽다가 잠깐 소스라쳤다. 일곱 살 때까지 여자아이로 양육됐던 섬약한 그가 아닌가. 그런데 사랑을 노래하면서 '팔을 부러뜨려' 달라거나 '심장을 막아' 달라니. '뇌에 불을 지르면' '당신을 피에 실어 나르겠다'니…….

이 시는 라이너 마리아 릴케(1875~1926)가 스물두 살 때 열네 살 연상의 여인 루 살로메(1861~1937)에게 바친 연시다.

그가 루(릴케는 그녀를 '루'라는 애칭으로 불렀다)를 만난 것은 1897년 5월 12일 독일 뮌헨의 한 소설가 집에서 열린 다과회에서였다. 1년 전 그녀의 에세이 《유대인 예수》를 읽고 감명을 받아 익명으로 몇 편의 시를 보낸 적이 있는 그는 그녀를 보자마자 격정에 사로잡혔다. 그녀도 열정적인 청년 시인의 감성에 매료됐다.

집으로 돌아온 그는 "당신과 내가 보낸 어제의 그 황혼의 시간은 처음이 아니었습니다"로 시작하는 달콤한 편지를 보냈다. 처음이 아니라는 말은 책을 통해 이미 깊은 감응이 있었다는 얘기였다. 그는 "그 황혼의 시간에 나는 당신과 단둘이서만 있었습니다"라고 덧붙였다.

두 사람은 금세 가까워졌고 연인 관계로 발전했다. 어릴 때부터 유약하게 자란 릴케의 모성결핍까지 더해지면서 둘 사이는 더욱 뜨거워졌다.

루는 이미 당대 최고 지식인과 예술가들에게 영감을 북돋워주는 뮤즈로 유명했다. 제정러시아 장군의 5남1녀 외동딸로 태어나 여성으로서는 드물게 대학교육까지 받았고 미모도 뛰어났다. 그녀는 스위스와 이탈리아, 프랑스, 독일을 거치며 니체와 프로이트, 융, 바그너 등 철학·예술가들과 사랑을 주고받았고 깊은 정감을 나눴다.

릴케를 만났을 땐 독일 언어학자 프리드리히 안드레아스와 결혼한 상태였다. 특이하게 '성관계는 하지 않는다'는 조건이었다니 일종의 정신적 계약결혼이라고나 할까. 아무튼 남편과의 관계가 시들해질 무렵 그녀는 릴케를 만났다.

첫 만남 이후 두 달쯤 됐을까. 릴케와 루는 뮌헨 교외의 볼프라츠하우젠에 있는 숲속 방갈로 한 채를 빌려 꿈같은 한 달을 보냈다. 빵과 채소와 달걀 등으로 최소한의 식사만 한 뒤 나머지 시간은 사랑을 나누고 풀밭을 거닐며 시와 인생을 얘기했다. 그들의 맨발과 어깨 위로 백화나무 잎과 꽃잎들이 날리곤 했다.

뮌헨에서 공부했던 전혜린은《그리고 아무 말도 하지 않았다》에서 이곳의 전나무와 향나무, 백화나무와 꽃들에 둘러싸인 방갈로를 직접 보고 나서야 14년의 나이 차이를 뛰어넘은 두 사람의 격정과 사랑을 이해했노라고 했다.

'내 눈의 빛을 꺼주소서'는 이 무렵에 릴케가 쓴 시다. 눈과 귀를 막아도, 손발이 없고 입이 없어도, 심장과 뇌와 피로 당신을 사랑하겠노라는 이 숭고한 헌정시를 그는 루에게 바쳤다. '너는 밤과 시간의 뒤에 우는 닭소리다. 너는 이슬이다. 아침 미사다. 소녀다. 낯모르는 남자다. 어머니다. 죽음이다.'라고 노래한 시 '너는 위대한 여명'도 이 시기에 썼다.

루는 훗날 자전소설《하얀 길 위의 릴케》에서 이렇게 묘사했다.

"우리는 알고 있는 것이 없어. 한 그루의 백화나무, 마당을 둘러싼 돌담의 이끼 낀 틈새에서 피어나는 연보랏빛 오랑캐꽃의 무리……. 이런 것들이 가장 사실적인 것, 알아야 하는 것, 반드시 체험해야 하는 것들이야."

그녀는 릴케에게 절대적인 영향을 끼쳤다. 그녀의 조언에 따라 릴케는 '르네 카를 빌헬름 요한 요세프 마리아 릴케'라는 프랑스 이름을 독일식의 라이너 마리아 릴케로 바꾸었다. 상인들처럼 엇비슷하게 흘려 쓰던 필체도 우아한 정자체로 바꿨다. 그의 시에도 서정과 사랑이 넘쳐났다.

둘은 두 번이나 러시아를 여행하기도 했다. 이런 경험을 담아 릴케는 그녀에게 바치는 사랑의 시편들을 써서 《그대의 축제를 위하여》라는 시집을 엮고 혼자 간직했다.

릴케는 그녀와의 추억을 뒤로한 채 1901년 조각가 클라라 베스토프와 결혼했다. 그해 말에는 외동딸 루트도 낳았다. 그러나 가난과 불화 속에서 결혼생활은 삐걱거렸고 1년 뒤에는 파탄을 맞고 말았다. 비록 서류상 혼인 관계는 그가 죽을 때까지 계속됐지만 정상적인 결혼생활은 이것으로 끝이었다.

1902년부터 그는 파리에서 조각가 로댕의 비서 일을 시작했다. 그러면서 로댕의 안목과 삶에 대한 자세에 감동을 받았다. 로댕의 친구인 폴 세잔, 앙드레 지드, 폴 발레리 등과 교류하면서 자신의 창작 지평을 넓혔다.

이후 유럽 곳곳을 보헤미안처럼 떠돌며 《두이노의 비가》

등 대작들을 완성하고는 1926년 12월 29일 새벽, 51세로 세상을 떠났다. 죽음의 원인은 백혈병이었다. 장미 가시에 찔려 죽었다는 것은 후세에 만들어진 얘기다.

루는 릴케가 죽은 지 11년 후인 1937년 2월 5일 75세를 일기로 생을 마감했다. 그녀가 남긴 《하얀 길 위의 릴케》에 릴케의 내밀한 모습이 담담하게 묘사돼 있으니, 그의 비밀을 아는 이는 루가 유일했을지도 모르겠다.

"그는 때로 고매한 사람이었고, 때로는 그저 침묵하는 사람이었다. 우리는 두 가지 모습에 대해 각각 이름을 정해주었다. '라이너'와 '또 다른 라이너'. 그가 이 이름들에 분노를 표출했을 때 나는 그의 고통을 느낄 수 있었다."

잘 있거라, 벗이여

세르게이 예세닌

잘 있거라, 벗이여, 안녕.
사랑스런 그대는 내 가슴에 있네.
우리 이별은 예정된 것이언만
내일의 만남을 약속해주는 것.
잘 있거라, 벗이여, 인사도, 악수도 필요 없느니,
한탄하지 말고 슬픔에 찌푸리지도 말게.―
인생에서 죽는다는 건 새삼스러운 일이 아니지,
하지만 산다는 것 역시 새삼스러울 것 없는 일이네.

시를 놓고 살았다 사랑을 놓고 살았다

맨발의 이사도라 덩컨이
한눈에 반한

러시아 시인 중에서 푸시킨 다음으로 우리에게 잘 알려진 세르게이 예세닌(1895~1925). 빈농의 아들로 태어난 그는 10대 후반부터 러시아 농촌의 자연과 민중을 바탕으로 한 시를 발표하며 '마지막 농촌 시인'으로 부상했다.

하지만 그의 삶은 순탄치 않았다. 폭압적인 제정시대와 스탈린의 공포정치 속에서 '술과 광기로 인생을 견뎌내고' 결국 30세에 자살로 생을 마감했다.

그는 러시아혁명에 동참했지만 곧 환상에서 깨어난 뒤 "사회주의는 꿈도 없고 모든 걸 죽이기만 한다"며 절망했다. 이후 반항자가 되어 농민 전쟁을 테마로 한 '푸가초프', 밑바닥 인생들의 아픔을 그린 '선술집 모스크바' 등을 잇달아 썼다. 이 때문에 스탈린 정부로부터 "비속한 말과 술 취한 광인의 눈물로 얼룩져 있기에 누구의 작품보다도 해롭다"는 비난을 받았다. '예세닌주의'는 곧 불명예의 표상이었다.

흐루쇼프의 등장으로 러시아 동토에 해동의 바람이 불기

시작할 때까지 그에게는 '인민에게 유독한 작가'라는 꼬리표가 붙어 다녔다. 하지만 톨스토이가 그의 죽음 앞에서 "가장 위대한 시인이 죽었다. 그의 시는 마치 그의 마음의 보물을 두 줌 뿌린 것과 같다"라고 했을 정도로 그의 작품은 뛰어났다.

예세닌의 삶에서 '맨발의 춤꾼' 이사도라 덩컨을 빼놓을 수 없다. 러시아혁명 이후 모스크바에 무용학교를 세우고 제자들을 가르치던 마흔네 살의 덩컨은 열일곱 살 연하인 예세닌에게 한눈에 반했다. 둘은 1922년에 결혼했으나 이별과 재회를 거듭하다 2년 만인 1924년에 완전히 결별했다.

예세닌은 신경쇠약과 알코올중독, 피해망상에 시달렸다. 1925년 12월 21일 정신병원에서 퇴원한 그는 24일 상트페테르부르크의 앙글르테르 호텔에 투숙했다. 3년 전 덩컨과 신혼의 꿈에 젖었던 곳이다. 27일 그는 잉크가 없자 손목을 긋고 흐르는 피로 시를 썼다. 그 시가 바로 '잘 있거라, 벗이여'이다. 시를 쓴 다음 날 그는 창문에 목을 맸다(덩컨은 니스에서 새 삶을 시작하다 1927년 바람에 날린 숄이 오픈카 바퀴에 걸리는 바람에 목이 졸려 숨졌다).

덩컨과 더불어 예세닌을 말할 때 빼놓을 수 없는 사람이 러시아 혁명시인이자 예세닌의 라이벌이었던 블라디미르 마야코프스키(1893~1930)다. 그는 예세닌의 시 '잘 있거라, 벗이여'의 마지막 구절 '인생에서 죽는다는 건 새삼스러운 일이 아니지,/ 하지만 산다는 것 역시 새삼스러울 것 없는 일이네.'에 '인생에서 죽는다는 것은 어렵지 않지,/ 살아내는 것이 더 어렵다네.'로 화답해 화제를 모았다.

예세닌의 장례식장에서 흐느끼며 '세르게이 예세닌에게'라는 시를 낭송했던 그 또한 5년 후 권총 자살로 생을 마감했다. 모두가 혁명기의 불운한 천재들이었다.

은행나무 잎

요한 볼프강 폰 괴테

동방에서 건너와 내 정원에 뿌리내린
이 나뭇잎엔
비밀스런 의미가 담겨 있어
그 뜻을 아는 사람을 기쁘게 한다오.

둘로 나누어진 이 잎은
본래 한 몸인가?
아니면 서로 어우러진 두 존재를
우리가 하나로 알고 있는 걸까?

이런 의문에 답을 찾다
비로소 참뜻을 알게 되었으니
그대 내 노래에서 느끼지 않는가.
내가 하나이며 또 둘인 것을.

괴테는 왜 그녀에게
은행잎을 보냈을까

200여 년 전인 1815년 가을날, 독일 시인 괴테(1749~1832)
는 한 여인에게 사랑의 시를 담은 편지를 보냈다. 편지지에 노란
은행잎 두 장도 붙였다. 예순여섯 살 시인의 표정은 사춘기 소년
같았다. 얼마 뒤 그녀에게서 화답 시가 도착했다. 그녀의 이름은
마리안네 빌레머. 서른한 살의 유부녀였다.

두 사람이 처음 만난 건 1년 전인 1814년. 나이를 초월한
이들의 사랑은 은밀하면서도 위태롭게 진행됐다. 남의 눈을 피
해야 했으므로 더 애틋했고, 가끔은 먼 곳으로 여행을 떠나기도
했다. 하이델베르크 여행 중 그녀는 성 안의 낡은 담벼락에 '진
정으로 사랑하고 사랑받은 나는 이곳에서 행복했노라'라는 글귀
를 남기기도 했다.

괴테는 그녀에게 은행나무를 보여주었다. 은행나무 잎을
유심히 보라면서 '비밀스런 의미'를 설명했다.

"이 나무의 잎은 특별해요. 아직 어린나무일 때는 부채꼴에
나 있는 절개선이 거의 보이지 않지만, 시간이 지난 뒤 가지를

보면 절개선이 있는 잎이 많아집니다. 그렇기 때문에 결국 두 개의 잎인 것처럼 보이지요."

물론 모든 은행잎이 그렇지는 않다. 어린잎에는 깊은 절개부가 보이지만 거의 다 자란 잎에는 보이지 않기도 한다. 한 나무에 여러 가지 변형된 잎이 날 수도 있다. 그때는 지금 같은 과학 지식이 부족했다. 은행나무가 18세기에 동방으로부터 전해졌으니 그럴 만도 했다.

하지만 시인의 관찰력은 특별했다. 둘로 갈라진 은행잎에서 '서로 어우러진 두 존재'의 합일을 발견했다. 암수 딴 그루의 은행나무가 수태하는 과정을 밑자락에 깔고, 거기에서 나온 은행잎을 '둘로 나누어진 한 몸'의 의미와 접목한 감수성도 뛰어나다.

은행잎은 사랑 외에도 많은 것을 상징한다. 독일 식물학자 마리안네 보이헤르트는 《식물의 상징적 의미》라는 책에서 은행나무와 은행잎의 특성을 설명하며 "은행나무는 희망, 장수, 다산, 우정, 순응을 상징한다"고 했다.

괴테는 이 같은 은행나무의 미덕에 달콤한 사랑의 밀어와 노란 잎 두 장을 붙여 연인에게 보냈던 것이다. '비로소 참뜻을 알게 되었으니/ 그대 내 노래에서 느끼지 않는가./ 내가 하나이며 또 둘인 것을.'

시를 놓고 살았다 사랑을 놓고 살았다

그러나 둘의 사랑은 완성되지 못했다. 괴테와의 짧은 만남과 이별 후 그녀는 한숨을 쉬며 이렇게 말했다. "아! 그이를 다시 만날 희망이 없다면 고통으로 나는 스러지고 말리라."

괴테는 몇 년 후 그녀와의 사랑을 노래한 시로 《서동시집(西東詩集)》(1819)을 펴냈다. 14세기 페르시아 시인 하피즈에게 영감을 받은 이 시집에서 그는 하이템, 그녀는 줄라이카라는 이름으로 등장한다.

그는 이 시집을 엮을 때 그녀가 쓴 시 세 편도 함께 넣었다. 둘이 만나면서부터 시 쓰는 것을 배운 그녀의 연시였다.

이루지 못한 사랑의 여백을 채우는 그만의 의식이었을까. 시집 갈피에 남몰래 은행잎을 끼워 두고 페이지를 펼칠 때마다 옛 추억에 잠기곤 하는 시인의 모습이 영화의 한 장면처럼 떠오른다.

미라보 다리

기욤 아폴리네르

미라보 다리 아래 센강은 흐르고
우리들 사랑도 흘러간다네
내 마음속 깊이 기억하리
기쁨은 언제나 고통 뒤에 오는 것

밤이여 오라 종이여 울려라
세월은 흐르고 나는 여기 머문다

손에 손을 맞잡고 얼굴을 마주보자
우리의 팔 아래 다리 밑으로
영원한 눈길의 나른한 물결이
흘러가는 동안

밤이여 오라 종이여 울려라
세월은 흐르고 나는 여기 머문다

사랑은 지나가네 흐르는 강물처럼
사랑은 가버리네
이처럼 인생은 느린 것이며
이처럼 희망은 난폭한 것인가

밤이여 오라 종이여 울려라
세월은 흐르고 나는 여기 머문다

나날이 지나가고 주일이 지나가고
흘러간 시간도
옛 사랑도 돌아오지 않는데
미라보 다리 아래 센강은 흐른다

밤이여 오라 종이여 울려라
세월은 흐르고 나는 여기 머문다

그들이
미라보 다리에서 만난 까닭

미라보 다리에서 아침 강물을 내려다본다. 햇살에 반짝이는 물무늬가 은어 떼처럼 싱그럽다. 수면에 비친 하늘은 비취색. 그 유명한 이름에 비하면 너무 평범해서 실망스러운 미라보 다리. 영화에 나올 만큼 현란하지도 않고 관광객이 북적거리는 명소도 아니다. 그냥 무표정하게 서 있는 철제 구조물일 뿐. 하지만 한 시인의 음성을 통해 우리 가슴속에 영원한 울림을 주는 명작의 무대다.

미라보 다리 몸체는 연녹색이다. 섬세한 문양의 금속 난간과 아치가 풀잎을 닮았다. 우아한 필기체의 문자 디자인이 다리 전체를 감싸고 있다. 두 개의 기둥에는 상류와 하류 쪽에 각각 하나씩 모두 네 개의 여신상이 조각돼 있다.

에펠탑에서 센강 하류 쪽으로 세 번째 놓여 있는 다리. 자유의 여신상이 마주 보인다. 1895년에 완공됐으니 로마 태생의 시인 기욤 아폴리네르(1880~1918)가 열아홉 나이로 파리에 입성하기 4년 전에 생겼다. 다리의 서쪽 끝에는 작은 명판과 '미라

시를 놓고 살았다 사랑을 놓고 살았다

보 다리'를 새긴 시비가 붙어 있다.

　세월의 더께가 켜켜이 앉은 청동 시비 앞에서 아침 햇살을 받으며 오래도록 생각한다. 척박한 이 시대에 문학이란 무엇이며 사랑이란 무엇인가. 시간의 물굽이를 오르내리며 이렇게 사람을 끌어당기는 다리의 의미는 또 어떤 것인가.

　다리는 강의 이쪽 언덕과 저쪽 언덕을 연결하는 물리적 교량이며 현실과 꿈을 이어주는 정신의 가교이기도 하다. 수많은 사람들이 떠나고 돌아오는 길목. 다리는 사랑과 이별의 접점이며 희망과 좌절의 변곡점이다. 삶과 죽음의 경계를 넘나드는 피안의 세계가 거기에 있다. 이곳은 소멸과 부활의 명암이 교차하는 길이자 사람과 사람을 이어주는 영혼의 통로다.

　그 옛날 아폴리네르도 이 다리에서 한동안 걸음을 멈추고 사색에 잠겼으리라. 이것이 그의 눈길이 머물던 자리, 그가 서서 바라보던 강물, 그가 시를 썼던 장소를 순례하는 이유이기도 하다.

　미라보 다리 동쪽에 여행자들이 자주 들르는 카페가 하나 있다. 이름은 '레갈리아'. 80여 년간 한자리에서 미라보 다리와 시인의 팬들을 지켜본 일종의 주막이라고 할까. 중년의 카페 주인은 아폴리네르를 너무 좋아한다며 그의 시를 줄줄 외운다. 손님이 많아서 한가할 틈이 없어 보이는데도 짬만 나면 그 얘기다. 머리가 약간 벗겨진 그의 친구도 다리 건너편에서 일부러 건너와 자벨 역이나 자벨 앙드레 시트로엥 역에서 전철을 탄다면서 끼어든다. 다리를 건너는 동안 강의 양안처럼 생활의 양면을 돌아보게 된다는 설명까지 곁들인다.

손님 중 젊은 직장인들에게 아폴리네르 이야기를 꺼냈더니 몇몇은 매우 반가워하고, 몇몇은 '무슨 소리인가' 하며 멀뚱거린다. 낭만적인 우리나라 사람에게는 아주 유명한 시인이지만 프랑스에서는 아폴리네르를 모르는 사람이 의외로 많다.

아폴리네르는 미라보 다리에서 가까운 센강 서쪽(파리 16구)의 그로 거리에서 한 시절을 보냈다. 지금의 '라디오 프랑스' 건물 부근인데, 연인 마리 로랑생(1883~1956)의 집이 그 근처에 있었기 때문이다.

마리 로랑생은 파스텔 톤의 맑은 수채화를 많이 그린 화가다. 둘은 전위적인 화가와 시인들이 모여들던 몽마르트르의 낡은 목조건물 바토-라부아르(Bateau-Lavoir)에서 피카소의 소개로 만났다. 1907년이었으니 아폴리네르가 스물일곱 살, 로랑생이 스물네 살이었다. 사생아라는 공통점을 지닌 두 사람은 금방 사랑에 빠졌고 문학과 예술의 동반자로서 서로의 삶에 큰 영향을 주었다. 아폴리네르는 시칠리아인 퇴역 장교 아버지와 폴란드 귀족 어머니의 비밀연애 끝에 태어났고, 로랑생은 귀족 출신 아버지와 하녀 사이에서 태어났다.

이들은 앙리 루소의 그림 '시인에게 영감을 주는 뮤즈'의 주인공으로 등장할 정도로 잘 어울렸다. 루소의 그림에는 '시의 여신' 로랑생이 아폴리네르에게 영감을 주는 모습이 선명하게 그려져 있다.

그런데 이들에게 엉뚱한 사건이 닥친다. 1911년 유럽을 떠들썩하게 한 '모나리자' 도난 사건이다. 루브르 박물관 전시실에서 누가 이 작품을 빼돌렸는데 범인이 이탈리아 남자라는 소문이 나돌았다. 아폴리네르는 이탈리아인이란 이유로 용의 선상에 올라 일주일간 구금됐다가 친구들의 탄원으로 겨우 풀려났다. 이 어이없는 사건으로 인해 연인 사이에 틈이 생겼다.

아폴리네르는 생미셸 광장의 옥탑방에 있는 친구 샤갈을 찾아가 신세한탄을 하며 새벽까지 술을 마시고, 해 뜰 무렵 집에 가려고 미라보 다리를 건넜다. 햇살을 받은 센강의 물결은 눈부신데 도둑으로 오인당하고 애인한테 버림까지 받은 자신이 한

탄스럽기만 했다. 그 가슴 아픈 이별의 회한을 담아 쓴 것이 '미라보 다리'다.

5년 넘게 이어온 둘의 사랑은 끝내 결실을 보지 못하고 서로 헤어지게 됐다. 그러나 결별 이후 둘은 시인과 화가로서 본격적으로 이름을 떨치기 시작했다. 아폴리네르는 '미라보 다리'를 포함한 첫 시집 《알코올》을 발표하며 일약 스타가 되었고, 로랑생도 개인전을 열면서 자신의 독특한 화풍을 인정받게 됐다.

실연의 상처를 안은 아폴리네르는 파리의 중심가인 생제르맹 데프레 거리로 옮겨 갔다. 사르트르를 비롯한 수많은 문인과 예술가들이 모여들던 카페 '레 되 마고'와 카페 '드 플로르'를 지나 두어 블록만 가면 그가 살던 202번지다. 이곳 2층에서 그는 생의 마지막 열정을 불태웠다.

이사 온 이듬해 1차 세계대전이 터지자 그는 전쟁터로 달려갔다. 외국 국적인 그가 모든 것을 프랑스에 빚지고 있다며 자원해서 참전한 것이다. 전투 중 포탄 파편을 맞고 후송된 그는 뇌수술을 두 번이나 받아야 했다. 그 와중에 프랑스 국적을 받았다.

1917년에는 초현실주의라는 용어를 문예사조로 확립했고 유명한 《칼리그람》(도형시집)도 썼다. 그러다 종전을 이틀 앞둔

시를 놓고 살았다 사랑을 놓고 살았다

1918년 11월 9일 전상의 후유증에서 벗어나지 못하고 세상을 떠났다. 그의 나이 38세. 참으로 짧은 생애의 긴 여정이었다.

사람들은 예감했을까, 생전에 전위적이고 초현실적인 감수성으로 주변을 당혹스럽게 했던 그가 사후에 세계 문학사의 영원한 기둥으로 우뚝 서게 되리라는 것을. 그는 갔지만 그의 시는 현재 소르본 대학 등 최고 학부뿐만 아니라 전 세계에서 암송되는 고전으로 살아 있다.

그 명작의 무대에서 맞는 한낮의 여유. 미라보 다리 위로 멀어져가는 연인들의 뒷모습이 참 어여쁘다. 저만치 자유의 여신상 이마에 내려앉은 햇살도 갓난아기 발뒤꿈치처럼 발갛다.

눈부시게 아름다운 5월에

하인리히 하이네

눈부시게 아름다운 5월에
모든 꽃봉오리 벌어질 때
내 마음속에도
사랑의 꽃이 피었어라.

눈부시게 아름다운 5월에
모든 새들 노래할 때
불타는 나의 마음
사랑하는 이에게 고백했어라.

┌ 어느 꽃의 눈물이
이토록 뜨거우랴 ┘

독일에서 가장 사랑받는 하인리히 하이네(1797~1856)의 시다. 슈만이 노래로 만들어 더욱 유명해졌다. 읽다 보면 한창 감수성 예민한 청년 시인의 모습이 떠오른다. 그때나 지금이나 사랑에 빠지면 모든 게 아름다워 보인다. 세상이 온통 '꽃봉오리' 같고, 내 마음도 노래하는 '새'가 된다.

그러나 하이네의 첫사랑은 고통스러웠다. 그는 열아홉 살 때 함부르크에서 은행을 운영하는 작은아버지 집에 기거했다. 그곳에서 사랑에 눈을 떴다. 상대는 그 집 딸인 사촌 여동생 아말리에였다.

'눈부시게 아름다운 5월'의 어느 날 그는 '불타는 마음'을 고백했다. 하지만 그녀는 거들떠보지도 않았다. 오히려 그를 경멸했다. 그녀의 마음은 이미 다른 남자에게 가 있었다. 그 남자가 속도 모르고 딴 여자와 결혼하자 아말리에는 복수하듯 낯선 사람에게 시집을 가버렸다.

충격을 받은 하이네는 도망치듯 집으로 돌아왔다. 이 실연

의 고통이 그를 본격적인 시의 세계로 이끌었고, 이때의 상처가
시집 《노래집》의 창작 동기가 됐다. 당시 그의 마음이 어땠는지
다음 시에 잘 나타나 있다.

이 깊은 상처를

하이네

내 마음의 깊은 상처를
고운 꽃이 알기만 한다면
내 아픔을 달래기 위해
나와 함께 눈물을 흘려주련만.

내 간절한 슬픔을
꾀꼬리가 안다면
즐겁게 지저귀어 내 외로움을
풀어 줄 수도 있으련만.

나의 이 탄식을 저 별
황금빛 별이 알기만 한다면

그 높은 곳에서 내려와
위로해주겠건만.

그렇지만 이내 슬픔 아는 이 없네.
알아 줄 사람은 오직 한 사람
내 가슴을 손톱으로
갈가리 찢어놓은 오직 한 사람.

그의 시는 한층 더 깊어졌다. 사회적 발언도 거세졌다. 독일 당국의 검열이 심해지자 그는 프랑스로 건너가 서른네 살 때인 1831년 봄부터 파리에서 생활했다. 그곳에서 별로 교육을 받지 못한 여점원 크레센스 유제니 미라를 알게 됐고, 7년 후 그녀와 결혼했다. 하이네가 '마틸데'라고 부른 그녀는 '다소 까다롭기는 해도 충실한 애인' 같았다.

그에게 다시 한 번 사랑이 찾아온 것은 생의 황혼기인 쉰여덟 살 때였다. 병상에 누운 지 오래인 그에게 어느 날 편지가 한 통 도착했다. 상대는 스물일곱 살의 여인 엘리제 클리니츠였다.

"당신의 작품을 처음 읽은 날 이후 수년 동안 저는 우리 두 사람이 언젠가는 친구가 되리라는 느낌을 안고 살아왔습니다. 그 순간부터 저는 당신을 향한 내적인 사랑을 간직해왔어요. 이 사랑은 오직 나의 삶과 함께 끝날 것이고, 당신에게 기쁨을 줄 수 있고 당신이 원하시기만 한다면 그것을 기꺼이 증명하고 싶어요."

얼마 후 그녀가 하이네를 찾아왔다. 하이네의 병세는 잠시 호전되기는 했지만 이미 한 쪽 몸을 못 쓰는 상태였다. 고통이 심해 모르핀으로 견딜 정도였다. 그런 그 앞에 찾아온 '꽃봉오리' 같은 여인을 그는 '무슈(파리)'라고 불렀다. 육체적인 교감을 이룰 수 없었기에 그는 체념과 실의에 빠졌다. 그러면서도 가끔씩 격정적인 편지를 쓰곤 했다.

"내 착한 무슈여! 당신의 그 작은 날개로 내 코 주위에서 날갯짓을 해주오. 멘델스존의 노래 중 '그대여, 빨리 와요!'라는 후렴구가 있는 곡이 있지요. 그 멜로디가 끊임없이 내 머릿속에서 맴돌고 있소. 그대여, 빨리 와요!'"

그녀는 날마다 찾아와 몇 시간씩 그의 곁을 지켰다. 하지만 마지막 순간에는 자리를 지키지 못했다. 그가 애타게 찾았지만 그녀는 심한 감기에 걸려 움직일 수 없었다. 다음 날 하이네는 세상을 떠났다.

하이네가 죽기 일주일 전 마지막으로 쓴 시의 제목은 '무슈를 위하여'였다. '너는 한 송이 꽃이었다,/ 키스만 해도 난 너를 알 수 있었다./ 어느 꽃의 입술이 그토록 보드랍고,/ 어느 꽃의 눈물이 그토록 뜨거우랴!'로 시작하는 이 시의 마지막 연에서 그는 애틋한 마음을 이렇게 고백했다.

드디어 죽음이 온다. 이제 난 말하리라,
자랑스럽게 너를 향하여, 너를 향하여
나의 심장은 너를 위하여 뛰었다고.
영원히 그리고 영원히.

겨울밤

보리스 파스테르나크

눈보라가 휘몰아쳤지.
세상 끝에서 끝까지 휩쓸었지.
식탁 위엔 촛불이 타고 있었네.
촛불이 타고 있었네.

여름날 날벌레 떼가
날개 치며 불꽃으로 달려들듯
밖에서는 눈송이들이 창을 두드리며
날아들고 있었네.

눈보라는 유리창 위에
둥근 원과 화살들을 만들었고
식탁 위엔 촛불이 타고 있었네.
촛불이 타고 있었네.

촛불 비친 천장에는
일그러진 그림자들
엇갈린 팔과 엇갈린 다리처럼
운명이 얽혔네.

그리고 장화 두 짝
바닥에 투둑 떨어지고
촛농이 눈물 되어 촛대서
옷 위로 방울져 떨어졌네.

그리고 모든 것은 눈안개 속에
희뿌옇게 사라져갔고
식탁 위엔 촛불이 타고 있었네.
촛불이 타고 있었네.

틈새로 들어온 바람에 촛불 날리고
유혹의 불꽃은
천사처럼 두 날개를 추켜올렸지.
십자가 형상으로.

눈보라는 2월 내내 휘몰아쳤네.
그리고 쉬임 없이
식탁 위엔 촛불이 타고 있었네.
촛불이 타고 있었네.

〈닥터 지바고〉를
그대로 압축한 듯

    영화 〈닥터 지바고〉의 명장면은 지금도 눈에 선하다. 끝없이 펼쳐진 시베리아 설원, 연기를 내뿜으며 눈 덮인 철길을 헤치고 달리는 기차, 끝 간 데 모를 자작나무 숲, 유리창에 낀 두꺼운 성에, 지바고의 얼굴에 매달린 고드름…….

    유리 지바고 역할을 맡은 오마 샤리프의 오묘한 눈빛은 또 어떤가. 우수를 가득 머금은 눈, 비밀경찰에 쫓기는 초조한 눈, 라라를 그리는 애잔한 눈, 아내에게 미안한 마음을 담은 연민의 눈까지 '천 개의 눈동자'가 어른거린다.

    이 시 '겨울밤'은 영화와 소설로 유명한 〈닥터 지바고〉를 그대로 압축해놓은 듯하다. 시의 배경도 암흑 속의 러시아혁명기다. '눈보라'는 시베리아까지 휘몰아친 혁명의 소용돌이, '촛불'은 시대의 광풍 앞에 위태롭게 흔들리는 개인의 삶을 상징한다. 풍전등화 같은 상황에서 엇갈리는 '운명의 그림자'는 소설의 주인공 유리와 라라를 닮았다.

비운의 시인 보리스 파스테르나크(1890~1960)의 삶도 그랬다. 그의 본업은 소설가라기보다는 시인이었다.《닥터 지바고》는 그가 남긴 유일한 장편소설이다. 혁명기 젊은이의 방황과 고독, 사랑을 서사적으로 그린 이 소설로 그는 1958년 노벨문학상 수상자가 됐다.

그는 전형적인 예술가 집안에서 나고 자랐다. 아버지는 톨스토이의《부활》등 소설에 삽화를 그린 유명 화가, 어머니는 피아니스트였다. 어릴 때 음악가를 지망한 그는 철학으로 방향을 틀어 모스크바대를 졸업한 뒤 독일 마르부르크대에서 유학했다. 철학을 공부하러 간 그곳에서 시인 릴케를 만나 오랫동안 교류했다. 나중에는 자전소설《안전통행증》을 릴케에게 헌정하기도 했다.

귀국한 뒤 촉망받는 순수 예술파 시인으로 성장했지만 혁명 정부 눈에는 달갑게 보이지 않았다. 1933년부터 1943년까지의 작품은 사회주의 리얼리즘과 거리가 있어 출판하지도 못했다.

대숙청 기간에 그나마 살아남은 것은 스탈린 고향인 조지아 시인들의 작품을 번역한 덕이라는 이야기가 있다. 그 와중에 셰익스피어와 괴테, 베를렌, 릴케 등의 작품을 번역하며 근근이 생계를 유지했다.

1956년 월간지에 소설 《닥터 지바고》를 투고했으나 "혁명과 그 주역인 인민, 소련 사회 건설을 중상했다"는 혹평과 함께 퇴짜를 맞았다. 원고는 이듬해 이탈리아 출판사를 통해 유럽에 알려졌다.

영역본이 출간된 1958년에는 18개 언어로 번역될 정도로 인기를 모았고 마침내 노벨상의 영예를 안았다. 그러나 소련 정부와 작가동맹의 압력으로 끝내 상을 거부해야 했다. 사후 27년 만인 1987년에야 그는 복권됐고, 노벨상은 아들이 대신 받았다.

길의 끝에서
새로운 길을 열며
우리는 간다

바다 건너 한 점
꽃 같은 저 섬으로

위대한 것은 인간의 일들이니

프랑시스 잠

위대한 것은 인간의 일들이니
나무 병에 우유를 담는 일,
꼿꼿하고 살갗을 찌르는 밀 이삭들을 따는 일,
암소들을 신선한 오리나무들 옆에서 떠나지 않게 하는 일,
숲의 자작나무들을 베는 일,
경쾌하게 흘러가는 시내 옆에서 버들가지를 꼬는 일,
어두운 벽난로와, 옴 오른 늙은 고양이와,
잠든 티티새와, 즐겁게 노는 어린 아이들 옆에서
낡은 구두를 수선하는 일,
한밤중 귀뚜라미들이 날카롭게 울 때
처지는 소리를 내며 베틀을 짜는 일,
빵을 만들고 포도주를 만드는 일,
정원에 양배추와 마늘의 씨앗을 뿌리는 일,
그리고 따뜻한 달걀을 거두어들이는 일.

시를 놓고 살았다 사랑을 놓고 살았다

프랑시스 잠은
왜 당나귀를 좋아했을까

프랑스 남부 피레네 산맥 기슭에서 일생 동안 사랑과 생명을 노래한 전원시인 프랑시스 잠(1868~1938). 그는 절친한 벗 앙드레 지드와 알제리를 여행한 것을 제외하고는 외딴 산골 마을에서 지냈다. 자신을 둘러싼 모든 것을 껴안고 어루만지는 포용과 모성의 시인이자 세기말 프랑스 문학의 퇴폐적 요소를 씻어낸 자연주의 대가로도 꼽힌다. '위대한 것은 인간의 일들이니'에 나오는 정서 그대로였다.

그의 작품은 고통받는 사람들을 위로하고, 겸손과 온화로 이끌어주는 것들이었다. 고답적이고 난해한 시에 넌더리를 내던 독자에게는 청순한 샘물과 같았다. 이른바 '잠주의(Jammisme)'라는 문학운동까지 생겼다. 당시 주류를 이루던 복잡하고 기교적인 시와 달리 간명하고도 쉬운 시로 독자를 사로잡은 결과다.

그를 좋아한 시인들이 많았다. 릴케, 말라르메 등 서양 시인뿐 아니라 동양의 윤동주와 백석도 그를 사랑했다. 릴케의 소설《말테의 수기》에서 청년 말테가 반한 시인은 당대 최고의 파리 시인들이 아니라 '맑은 공기 속에 울려퍼지는 종소리 같은 시인' 프랑시스 잠이었다.

식민 치하 조선의 백석과 윤동주도 거의 비슷한 시기에 프랑시스 잠과 릴케의 이름을 시에 녹여냈다. 백석은 시 '흰 바람벽이 있어'에 '초생달과 바구지꽃과 짝새와 당나귀가 그러하듯이/ 그리고 또 프랑시스 잠과 도연명과 라이너 마리아 릴케가 그러하듯이'라고 썼다.

윤동주도 '별 헤는 밤'에 '벌써 애기 어머니 된 계집애들의 이름과, 가난한 이웃 사람들의 이름과, 비둘기, 강아지, 토끼, 노새, 노루, 프랑시스 잠, 라이너 마리아 릴케, 이런 시인의 이름을 불러 봅니다'라고 썼다. 윤동주는 잠의 시를 필사한 노트에 '구수해서 좋다'라고 써놓기도 했다. 윤동주의 북간도 친구인 문익환 목사는 "동주가 연희전문 시절 잠의 시집을 간직하고 읽었는데 제목이《밤의 노래》였다"라고 회고했다. 나중에《새벽의 삼종에서 저녁의 삼종까지》라는 제목으로 재출간된 시집이다.

프랑시스 잠은 그 시집 서문에 "나는 지금 장난꾸러기들의 조롱을 받으며 고개를 숙이는, 무거운 짐을 진 당나귀처럼 길을 가고 있습니다. 당신이 원하시는 때에, 당신이 원하시는 곳으로 나는 가겠나이다./ 삼종의 종소리가 웁니다."라고 썼다.

시를 놓고 살았다 사랑을 놓고 살았다

잠은 당나귀를 너무나 좋아해서 자신의 친구라고 부르며 당나귀 시편을 많이 남겼다. 그의 별명도 '당나귀 시인'이었다.

백석의 시 '나와 나타샤와 흰 당나귀' '미명계' '연자간' '귀농'에도 당나귀가 나오고, 윤동주의 시 '밤' '곡간'에도 당나귀가 등장한다. 프랑시스 잠과 백석, 윤동주를 잇는 당나귀는 무엇을 상징하는 걸까.

백석이 '나타샤와 나는/ 눈이 푹푹 쌓이는 밤 흰 당나귀 타고/ 산골로 가자'라고 할 때 당나귀는 연인과 함께 산골 마을로 가는 꿈의 매개다. 윤동주가 '밤'에서 한밤중 당나귀에 여물짚을 주는 아버지와 아이에게 젖을 물리는 어머니 모습을 겹친 것도 사랑과 생명과 희망의 메타포다.

한편으로는 생의 무게를 말없이 견디는 존재가 당나귀다. 온유하고 겸손하며 순박함의 상징인 당나귀. 이는 삶과 시대의 불협화음을 보듬어 안으려고 애쓰는 시인들의 모습과 닮았다.

프랑시스 잠은 그렇게 70년을 피레네 산록에서 지내다 1938년 11월 1일 '잠처럼 평화롭게' 눈을 감았다. 그의 시에 나오는 구절처럼 '따뜻한 달걀을 거두어들이듯' 맑고 온화한 날이었다.

발왕산에 가보셨나요

고두현

용평 발왕산 꼭대기
부챗살 같은 숲 굽어보며
곤돌라를 타고 올라갔더니
전망대 이층 식당 벽을
여기 누구 왔다간다, 하고
빼곡이 메운 이름들 중에
통 잊을 수 없는 글귀 하나.

'아빠 그동안 말 안드러서
쾌송해요. 아프로는 잘 드러께요.'

하, 녀석 어떻게 눈치챘을까.
높은 자리에 오르면
누구나 다
잘못을 빌고 싶어진다는 걸.

높은 곳에서는
누구나 잘못을 빌고 싶어진다

용평 숲에서 사흘을 보낸 적이 있다. 나무들의 입김이 손끝에 닿을 때마다 감미로운 추억이 밀려왔다. 삼림욕장의 자작나무 숲으로 가는 오솔길은 아늑했다. 낙엽송이 군락을 이룬 능선의 공기는 또 얼마나 싱그러웠던지…….

그곳에 머문 지 이틀째 되는 날, 뒷집 아저씨처럼 마음씨 좋게 생긴 발왕산에 올랐다. 정상에 도착했더니 전망대 안 식당 벽에 수백 장의 메모가 붙어 있었다. 그중에서도 정말 유쾌하고 감동적인 건 초등학교 1~2학년쯤 되는 녀석의 '고해'였다.

'아빠 그동안 말 안드러서 죄송해요. 아프로는 잘 드러께요.'

비록 맞춤법은 틀리지만, 내게는 가장 진솔한 마음의 표현으로 다가왔다. 녀석은 어떻게 알았을까. 높은 곳에 오르면 누구나 잘못을 빌고 싶어진다는 것을.

산에서는 모두가 겸손해진다. 자연의 거울에 스스로를 비취볼 수 있기 때문이다. 그래서 얼굴도 모르는 그 개구쟁이의 글귀가 가장 살갑게 다가왔다. 그것은 찬물에 세수를 하고 난 뒤의 청량감처럼, 산에서 얻은 뜻밖의 깨우침이었다.

그날 밤 발왕산 이마에 걸린 달은 유난히 커 보였다. 같은 달도 보기에 따라 달라진다. 늘 거기 있는 산이지만 그 품에 들어 자신을 비춰보면 마음이 달라지고, 큰 잘못이 없더라도 막연히 사죄하고 싶어지는 것과 닮았다.

실제로 달은 하늘 높이 떠 있을 때보다 지평선 가까이에 있을 때 더 커 보인다고 한다. 과학자들이 '달 착시'라고 부르는 현상이다. 왜 그럴까. 원인을 설명하는 학설에는 두 가지가 있다.

오래된 이론(겉보기 거리 이론)은 '달이 지평선 근처에 있으면 주변 지형 등의 정보가 뇌의 거리 인식에 영향을 미쳐 달이 실제보다 더 커 보이게 된다'는 것이다.

다른 이론(겉보기 크기 이론)은 정반대다. '높이 뜬 달이 더 작아 보이므로 뇌가 멀리 있는 것처럼 인식한다'는 것인데 이는 눈에 보이는 크기 차이 때문에 거리가 다르게 느껴진다는 얘기다.

몇 년 전 미국의 로이드 카프만 박사와 그의 아들이 실험을 통해 '정답'을 내놓았다. 이들은 컴퓨터와 광학계로 지평선 근처의 달과 높이 뜬 달을 만들어 보여줌으로써 '겉보기 거리 이론'이

옳다고 결론을 내렸다. '멀리 있는 것은 작아 보인다'는 통념을 보완하려는 작용 때문에 달이 실제보다 커 보이는 착시가 일어난다는 것이다. 카프만은 "인간은 물체의 크기를 제대로 인식할 수 있기 때문에 멀리 있는 나무가 작게 보이더라도 뇌가 실제 크기를 가늠할 수 있다"며 "이런 뇌와 시각 작용이 달 착시현상을 일으키는 것"이라고 설명했다.

내가 발왕산에서 본 그날 밤의 달도 그랬을까. 가만히 생각해보면 그것은 단순한 착시가 아니었다. 꼬마 녀석의 '고해성사'가 뇌보다 가슴에서 우러났던 것처럼 산꼭대기의 그 달은 어떤 광학계로도 측량할 수 없는 내 속의 '둥근 거울'이었다. 나는 달의 반사경이 비추는 내 모습을 새롭게 발견한 것이었다.

육체적인 '뇌의 인식작용'은 종종 착시현상을 초래한다. 그러나 보이지 않는 '마음의 감성작용'은 우리들 영혼의 촉수를 움직이게 한다. 세상의 높낮이와 내면의 크기를 스스로 잴 수 있도록 해주는 것이다.

여행에서 돌아오는 길에도 달은 나를 따라왔다. 그 달의 이면에는 높은 데 올라 잘못을 비는 아이의 해맑은 얼굴과 세속 도시에서 자주 착시에 빠지는 내 얼굴이 겹쳐져 있었다.

오, 여행지에서 발견한 달의 두 표정이라니.

어느 뉴펀들랜드 개의 묘비명

조지 고든 바이런

여기에
그의 유해가 묻혔도다.
그는 아름다움을 가졌으되 허영심이 없고
힘을 가졌으되 거만하지 않고
용기를 가졌으되 잔인하지 않고
인간의 모든 덕목을 가졌으되 악덕은 갖지 않았다.
이러한 칭찬이 인간의 유해 위에 새겨진다면
의미없는 아부가 되겠지만
1823년 5월 뉴펀들랜드에서 태어나
1828년 11월 18일 뉴스테드 애비에서 죽은
개 보우슨의
영전에 바치는 말로는 정당한 찬사이리라.

시를 놓고 살았다 사랑을 놓고 살았다

모든 덕목을 가졌으되
악덕은 갖지 않았던 그를 위해!

당대 최고의 미남 시인으로 숱한 염문을 뿌린 낭만주의자. 스물네 살에 쓴 장편 서사시 '차일드 해럴드의 순례'로 일약 스타가 됐을 때 "어느 날 아침에 일어나 보니 유명해져 있더라"는 소감으로 더욱 유명해진 시인.

영국 낭만파 시인 조지 고든 바이런(1788~1824)은 훤칠한 키에 잘생긴 청년이어서 많은 여인을 설레게 했다. 그만큼 스캔들도 많았다. 선천적인 다리 기형을 갖고 있었지만 인기는 식을 줄 몰랐다. 그러나 스물여덟 살에 고국을 등지고 그리스 독립운동을 돕다가 열병에 걸려 이국에서 생을 마쳤다.

조상 대대로 내려오는 노팅엄셔 소재 뉴스테드 애비의 영주(領主)로 있을 때 그는 보우슨이라는 이름의 뉴펀들랜드 종 개를 키웠다. 귀족인 그가 몸집이 크고 주인을 잘 따르는 뉴펀들랜드 종을 좋아한 것은 자연스러워 보인다.

뉴펀들랜드는 덩치 큰 바다 구조견이다. 발가락이 물갈퀴 모양으로 되어 있고 기름기가 있는 털이 물에 젖지 않아 바다에서 활동하기에 가장 적합하다. 주인이나 아이 등 가족들도 잘 지킨다. 갓난아이들을 부드럽게 보살피고 잘 놀아주면서 혹시라도 위험이 닥칠 땐 놀라울 정도로 용감하게 맞서 싸운다. 바이런이 묘비명에 쓴 것처럼 '아름다움을 가졌으되 허영심이 없고/ 힘을 가졌으되 거만하지 않고/ 용기를 가졌으되 잔인하지 않고/ 인간의 모든 덕목을 가졌으되 악덕은 갖지 않았다.'

'어느 뉴펀들랜드 개의 묘비명'는 보우슨이 죽었을 때 그가 묘비에 새긴 시다. 그는 날카로운 풍자시를 많이 썼는데, 풍자시인답게 이 작품에서도 개의 애도뿐만 아니라 잘난 척하고 오만하고 잔인한 인간의 악덕을 신랄하게 비판했다.

보우슨 묘비에는 큰 글씨의 이 시 밑에 작은 글씨의 산문시가 더 새겨져 있다. 그중에서도 '오, 노역으로 타락하고 권력으로 부패한 인간, 시간의 차용자여, 당신의 사랑은 욕망일 뿐이요, 당신의 우정은 속임수, 당신의 미소는 위선, 당신의 언어는 기만이리니! (중략) 내 생애 진정한 친구는 단 하나였고, 여기에 그가 묻혀 있도다'라는 구절에 눈길이 오래 머문다.

몇 번씩이나

내린 눈의 깊이를

물어보았네

【いくたびも雪の深さを尋ねけり】

떠나는 내게

머무는 그대에게

두 개의 가을

【行く我にとどまる汝に秋二つ】

마사오카 시키

시를 놓고 살았다 사랑을 놓고 살았다

그대와 나 사이에
두 개의 가을

　　밖에는 폭설이 내리고, 방 안은 적요하다. 시인은 눈이 얼마나 내렸는지 묻는다. 어머니와 여동생은 젖은 시선으로 창밖을 보며 띄엄띄엄 답한다. 시인이 자꾸 묻는 것은 몸을 움직이지 못할 만큼 병이 깊기 때문이다. 죽음을 앞둔 한겨울 고독이 서늘하다. 눈 내리는 풍경을 볼 수 있도록 제자가 문을 유리로 바꿔주었지만 그는 끝내 숨을 거두었다.

　　서른다섯에 짧은 생을 마감한 마사오카 시키(1867~1902). 이전까지 하이카이로 불리던 것을 '하이쿠'로 정립한 그는 스물세 살부터 병으로 고생하면서도 2만 편 이상의 하이쿠를 남겼다.

　　일주일간의 각혈 후 "울며 피를 토한다는 두견새(시키)를 필명으로 짓겠다"던 그는 스물아홉 살 이후 병상에 누워 지내야 했다. 짧고 가혹한 생애를 그는 시로 견뎠다.

　　'몇 번씩이나/ 내린 눈의 깊이를/ 물어보았네'라는 시의 적막은 금세 비애로 기울어질 듯하다. 그러나 그 슬픔은 고요 속의 달관으로 이내 승화된다. '새해의 첫날/ 좋을 것도 없고 나쁠 것

도 없다/ 그저 인간일 뿐'이라는 시가 그런 경지다. 이 역시 병상
에서 쓴 것이다.

　'떠나는 내게/ 머무는 그대에게/ 두 개의 가을'은 시키가
죽기 전 요양차 고향을 찾았을 때 그곳에서 중학교 교사로 근무
하던 친구 나쓰메 소세키와 함께 생활하다가 헤어질 때의 아쉬
움을 달래며 쓴 시다. 떠나는 가을과 머무는 가을의 대비가 기막
히다.

　시키는 문인들에게 '근대 하이쿠의 아버지'로 불린다. 그러
나 야구팬들에게는 '일본 야구의 아버지'라고 불린다. 메이지 유
신을 계기로 야구가 미국에서 막 들어왔을 때 그는 하이쿠만큼
이나 야구에 푹 빠졌다. 야구 용어를 일본식 한자로 번역한 것도
그였다. 타자(batter), 주자(runner) 같은 용어가 모두 그의 작품
이다. 도쿄 '야구의 전당'에 그의 조각상이 유명 선수들과 나란
히 걸려 있는 것도 이 때문이다.

그대 그리워져서

등불 켤 무렵

벗꽃이 지네

【人戀し燈ともしころをさくらちる】

가야 시라오

두 사람의 운명이여

그 사이에 핀

벗꽃이런가

【命二つの中に生きたる櫻哉】

마쓰오 바쇼

그대 그리워져서
등불 켤 무렵

　일본인에게 제일 사랑받는 벚꽃. 그러나 처음부터 봄꽃놀이로 벚꽃을 즐긴 것은 아니었다. 고대 나라 시대만 해도 귀족들의 꽃놀이 대상은 중국과 한국처럼 매화였다. 그러다 헤이안(지금의 교토) 시대부터 매화가 밀려나고 벚꽃이 부상했다. 귀족들이 교토 곳곳에 벚꽃을 심고 밤낮으로 즐기기 시작했다.

　가야 시라오(1738~1791)의 '그대 그리워져서/ 등불 켤 무렵/ 벚꽃이 지네'는 사무치는 그리움과 만나지 못하는 안타까움을 노래한 하이쿠다. 봄날 긴 하루가 저물고 어둠이 깔리려는데 그대 생각이 간절하다. 집에 불을 켜려다 밖으로 나와 보니 어슴푸레 남은 저녁놀 사이로 벚꽃이 떨어지고 있다. 그 모습에 보고 싶은 마음이 더 애틋해진다. 그러나 만날 수도 없다.
　어려운 표현이 없어 누구나 쉽게 감상할 수 있지만 깊이 있는 내면의 파동을 담아낸 작품이다. 중년의 우수와 아쉬움을 느끼는 독자들도 있으리라.

　　　　　　　　　　　　　시를 놓고 살았다 사랑을 놓고 살았다

마쓰오 바쇼의 시는 어떤가. '두 사람의 운명이여/ 그 사이에 핀/ 벚꽃이런가'도 가슴을 아릿하게 한다. 여기서 두 사람은 사랑하는 사람이거나 사랑했던 사람일 것이다. 그들은 불꽃같은 사랑을 나누고 운명처럼 헤어졌을지도 모른다. 둘 사이에 핀 벚꽃은 수많은 사연과 운명의 나이테를 간직하고 있다. 그래서 더 애잔하다.

3부 —————————————————————————————

금지된 사랑 & 위험한 사랑

오시안의 시

제임스 맥퍼슨

어찌하여 그대는 나를 깨우느뇨?
봄바람이여! 그대는 유혹하면서
'나는 천상의 물방울로 적시노라'라고
하누나. 허나 나 또한 여위고
시들 때가 가까웠노라.
내 잎사귀를 휘몰아 떨어뜨릴 비바람도
이제 가까웠느니라. 그 언젠가
내 아름다운 모습을 보았던 나그네가
내일 찾아오리라. 그는 들판에서
내 모습을 찾겠지만 끝내 나를
찾아내지는 못하리라.

시를 놓고 살았다 사랑을 놓고 살았다

어찌하여 그대는
나를 깨우느뇨?

'오시안의 시'는 독일 문호 괴테의 자전적 소설《젊은 베르테르의 슬픔》에서 베르테르가 로테에게 읽어주며 격정에 사로잡힌 작품이다. 소설 속의 시간대는 크리스마스 직전이다.

그가 이 작품에서 인용한 오시안은 3세기 무렵 고대 켈트족의 눈먼 시인이자 용사다. 1765년 제임스 맥퍼슨의 시집을 통해 이름이 널리 알려졌다. '오시안의 시'는 당시 유럽의 혁명 바람을 타고 많은 이들에게 영향을 미쳤다. 괴테가 소설에 인용한 것 외에도 나폴레옹은 이 시에 나오는 핑갈의 전투를 실제 전쟁에 적용했다. 화가 앵그르는 '오시안의 꿈'이라는 그림을 그렸다.

《젊은 베르테르의 슬픔》은 낭만적이고 예민한 성격의 괴테가 20대 중반에 겪은 일을 토대로 쓴 작품이다. 약혼자 있는 여인을 사랑하게 된 그는 이룰 수 없는 비련에 고통스러워했다. 그러다 유부녀를 사랑한 끝에 권총으로 자살한 친구의 이야기를 연결해 쓴 것이 이 작품이다.

이 소설로 그는 스타가 됐고, 작품 속 베르테르가 즐겨 입던 노란색 조끼와 푸른색 연미복까지 선풍적인 인기를 끌었다. '베르테르 효과'라는 모방 자살 신드롬도 생겼다.

베르테르가 자신의 죽음을 암시하는 '오시안의 시'를 읽어주는 대목에서 로테도 감동에 젖어 함께 눈물을 흘린다. 그녀는 베르테르가 이미 돌이킬 수 없는 결심을 했다는 사실을 눈치채지만 운명의 신을 피할 수는 없었다.

시에 감명받은 그녀는 베르테르에게 한없는 연민을 느끼고 그의 손을 자기 눈과 이마, 가슴에 갖다 대며 뜨겁게 뺨을 합친다. 베르테르도 그녀를 부둥켜안고 키스를 퍼붓는다. 이 장면은 걷잡을 수 없는 흥분의 소용돌이로 독자들을 휘몰아간다. 하지만 그녀는 곧 정숙한 여인의 모습으로 돌아온다. 그의 품에서 빠져나온 뒤 베르테르에게 다시는 만나지 않겠다고 말한다.

베르테르가 자살을 결행하려고 "여행길에 쓰겠다"며 권총을 빌려달라는 메모를 하인 편에 보냈을 때 그녀의 가슴은 요동친다. 그녀는 떨리는 손으로 계속 머뭇거리며 시간을 지체해보려고 최대한 노력한다. 하지만 남편의 재촉에 못 이겨 결국 먼지까지 닦아서 권총을 내어주고 만다.

베르테르는 그녀가 "떨면서 먼지까지 닦아서" 주었다는 하

시를 놓고 살았다 사랑을 놓고 살았다

인의 얘기를 듣고는 "사랑하는 여인의 손을 통해 죽음을 맞도록 축복해준 신께 감사하다"고 사후에 로테에게 닿을 편지에 덧붙인다. 그녀의 손이 스쳤다는 생각에 한없는 애정으로 총에 키스를 퍼붓는 젊은 베르테르의 슬픔.

그 장면에 '어찌하여 그대는 나를 깨우느뇨?'라는 외침과 '허나 나 또한 여위고/ 시들 때가 가까웠노라'라는 탄식이 오버랩되어 우리의 눈물샘을 자극한다. '끝내 나를/ 찾아내지는 못하리라'는 예언적 명구의 울림이 그래서 더 크고 깊다.

맥퍼슨이 쓴 장편 서사시 '오시안의 시' 첫 부분은 이렇다.

어스름 밤하늘의 별이여! 너는 서녘에서 찬란히 반짝이며,
빛나는 이마를 구름 밖으로 추켜들고 의젓이 언덕을 넘어가누나.
너는 무엇을 찾기에 거친 벌판을 눈여겨보느뇨?
사나운 바람도 자고, 멀리서 계곡물의 속삭임이 들려온다.
출렁이는 물결은 바위를 희롱하고, 파리 떼 윙윙거리며 벌판을 날아간다.

너 눈부신 빛이여! 무엇을 찾느뇨?

너는 눈웃음을 치며 흘러가는구나.

흐르는 물결은 기꺼이 너를 껴안고 사랑스런 머리칼을 씻어 주누나.

잘 가거라, 고요한 별빛이여! 어서 나타나거라, 너 오시안의 혼이 깃든 별빛이여!

너는 힘차게 나타나누나. 세상을 떠난 벗들이 눈에 선하여라.

그들은 생존해 있던 지난날처럼 로라의 황야에 모여드누나.

핑갈은 안개에 젖은 기둥처럼 나타나고, 부하들이 그를 에워싸고 있네.

보라, 노래하는 시인을……

시를 놓고 살았다 사랑을 놓고 살았다

ⓒ Somewhere between Paris and Seoul, 2017

반평생

프리드리히 횔덜린

노랗게 익은 배와
거친 장미들이 가득 달린,
호수로 향한 땅,
너희 고결한 백조들,
입맞춤에 취한 채
차가운 물에 성스럽게
머리를 담근다.

슬프도다, 겨울이면, 나는
어디서 꽃을 얻고, 어디서
햇빛과 지상의 그림자를
얻게 될까?
장벽들은 말없이
차갑게 서 있고, 바람결에
풍향계 소리만 덜걱거린다.

26세 가정교사와
안주인의 만남

'빵과 포도주'로 유명한 독일 시인 프리드리히 횔덜린 (1770~1843)이 30대 초반에 쓴 시다. 잘 익은 배와 장미, 고결한 백조가 등장하지만 시 전편에 흐르는 정조는 쓸쓸하고 비극적이다. 무슨 사연이 있을까. 그 배경에는 안타까운 러브 스토리가 배어 있다.

그녀의 이름은 주제테 콘타르트. 그가 스물여섯 살 때 가정교사로 들어갔던 은행가 집안의 부인이다. 그는 온화하고 기품 있는 그녀에게서 그리스적인 아름다움과 조화의 화신을 발견했다. 그녀도 그의 맑은 심성에 마음이 끌렸다. 그는 그녀를 '디오티마(Diotima)'라고 불렀고, '디오티마' '디오티마를 애도하는 메논의 탄식' 같은 작품까지 썼다.

소설 《히페리온》의 여주인공에게 '디오티마'라는 이름을 붙여주기도 했다. 디오티마는 플라톤의 《향연(饗宴)》에서 에로스를 예찬하는 여제사장. 올바른 연애 과정은 육체의 아름다움에서 영혼의 아름다움으로, 나아가 아름다움 그 자체의 관조에까지 도달하는 것이라고 설파한 주인공이다.

두 사람은 멀리 떨어져 있는 동안에도 짧은 밀회를 즐기며 편지를 자주 교환했다. 그러나 가정교사와 안주인의 사랑은 오래가지 못했다. 몇 년간의 간헐적인 이별 끝에 그녀는 병을 얻었고 결국 세상을 떠나고 말았다.

그녀의 마지막 편지에서 병과 죽음을 예감한 그의 마음은 찢어지는 듯했으나 어찌할 도리가 없었다. 그녀의 죽음 이후 그는 평생을 정신착란으로 비틀댔다.

그런 점에서 '반평생'이라는 작품은 그가 꿈꾸던 여인과의 사랑이 사별로 끝나고 안타까운 후반생이 시작되는 지점에서 탄생한 비가(悲歌)라고 할 수 있다. 비련의 아픔뿐만 아니라 세상의 밝음과 어둠, 생성과 소멸, 생의 이쪽과 저쪽을 대조적으로 보여주는 그림이기도 하다. 두 연으로 나눈 구성처럼 그의 일생을 양분하는 이미지까지 곁들였으니 더욱 그렇다.

독일 슈바벤의 네카 강변 작은 도시 라우펜에서 태어난 그는 유년기부터 평탄하지 않았다. 수도원 관리인이던 아버지는 그가 두 살 때 돌아가셨고, 양아버지 또한 그가 아홉 살이 되던 해 세상을 떠났다.

집안 형편이 어려운 그는 수도원 학교를 겨우 졸업하고 튀빙겐대학 신학부에 장학생으로 들어갔다. 그러나 어머니의 바람인 신학 공부보다는 고대 그리스어, 철학, 시 창작에 몰두했고 헤겔이나 셸링 등의 학우들과 교류하는 데 열중했다.

졸업 후 가정교사가 된 뒤 주제테와의 사랑으로 한때 활력을 찾았으나 그마저 비극으로 끝나자 온갖 데를 방랑하며 돌아다녔다. 30대 후반에는 거의 폐인이 돼 튀빙겐대학병원에 입원했다. 그를 숭배하는 목수의 보살핌으로 다행히 네카 강변의 집에서 살다 일흔세 살에 숨을 거뒀다.

그가 후반생을 보낸 강변의 집 '횔덜린 탑'은 그의 묘지, 비명(碑銘)과 함께 튀빙겐의 상징물이 되어 세계 각국의 순례객을 맞고 있다. 묘비에는 시 '운명'의 한 구절이 새겨 있다.

'폭풍 중 가장 성스런 폭풍 가운데/ 나의 감옥의 벽 허물어지거라./ 하여 보다 찬란하고 자유롭게/ 내 영혼 미지의 나라로 물결쳐 가라!'

내 나이 스물 하고 하나였을 때

앨프레드 에드워드 하우스먼

내 나이 스물 하고 하나였을 때
지혜로운 사람이 들려준 말,
"돈일랑 은화든 금화든 다 주어도
네 마음만은 함부로 주지 말아라.
보석일랑 진주든 루비든 다 주어도
네 순수한 마음만은 잃지 말아라."
그러나 내 나이 스물 하고 하나
아무런 소용도 없었어라.

내 나이 스물 하고 하나였을 때
그 사람이 다시금 들려준 말,
"가슴 밑바닥에서 나오는 마음은
그냥 주어지는 게 아니란다.
그 사랑은 숱한 한숨과
끝없는 후회 속에서 얻어지느니."
내 나이 이젠 스물 하고 둘
오, 정말이어라, 정말이어라.

사랑은
숱한 한숨과 후회 속에서 얻어지느니

아, 스물한 살……. 어른이면서도 아직은 경험이 부족한 풋내기. 인생에서 가장 아름다우면서도 고뇌 때문에 번민하는 역설적인 나이.

영국 시인 앨프레드 에드워드 하우스먼(1859~1936)에게도 그랬다. 고뇌의 원천은 뜻밖에도 동성애였다.

7남매의 맏이인 그는 아버지보다 어머니를 더 좋아했는데 열두 살 생일에 어머니가 갑작스레 세상을 뜨자 큰 충격을 받았다. 이후 정서적 혼란과 함께 성 정체성까지 흔들려 괴로워했다.

동성애적 욕망을 강하게 느낀 것은 옥스퍼드대에 입학한 뒤였다. 그는 한 동급생 친구에게 강렬한 자극을 받았지만, 그 친구는 전혀 관심을 보이지 않았다. 감정을 억제하지 못하고 방황하던 그는 우등생에서 꼴찌로 전락했다.

그러다 방을 같이 쓰던 모제스 잭슨과 열렬한 동성애에 빠졌고 드디어 감정의 평온을 되찾았다. 졸업 후에는 잭슨이 일하는 특허사무소에 들어가 9년 동안 근무했다. 그는 잭슨과 잭슨

시를 놓고 살았다 사랑을 놓고 살았다

의 형 애드알버트와 함께 하숙생활을 했다. 얼마 후에는 애드알버트도 게이가 됐다. 그의 작품 중 '더 많은 시들(More Poems)'의 41번과 42번은 1892년 장티푸스로 죽은 애드알버트에게 헌정한 것이었다.

1887년 잭슨이 인도로 이민 가서 결혼하자 그는 한없는 무기력증에 빠졌다. 점점 세상을 등지고 시를 쓰는 데서 위안을 찾았다. 이는 우수에 젖은 시로 이어졌다. 잭슨이 훗날 캐나다에서 병상에 있을 때 그는 잭슨을 위해《최종시집(Last Poems)》을 빨리 완성하려고 무진 애를 썼다. 그는 자신이 왜 시를 쓰는지, 어떤 주제를 택하는지를 가장 잘 이해한 사람은 잭슨이었다고 훗날 고백했다.

그의 시에 녹아 있는 동성애적 감성은 언제나 기쁨이 아닌 고뇌의 모습을 띠고 있다. 젊은 사람들이 빈정거리거나 교수형을 당하거나 아주 위축되는 모습 등은 그가 평생의 연인인 잭슨을 잃고 쓴 것처럼 보인다.

'내 나이 스물 하고 하나였을 때'에서 '숱한 한숨과/ 끝없는 후회'를 거쳐 깨달은 인생의 의미도 그렇다. 사랑 때문에 깊이 상처받아본 적 없는 사람이 어떻게 상실과 거부의 아픔을 다 알 수 있겠는가. 스물한 살 때나 지금이나……

가을의 노래

폴 베를렌

가을날
바이올린 가락
긴 흐느낌
하염없이
내 마음 쓰려라.

종소리
가슴 메여
나 창백히,
지난날 그리며
눈물 흘리네.

쇠잔한

내 신세

모진 바람 몰아치는 대로

이리저리 불려 다니는

낙엽 같아라.

이리저리 불려 다니는
낙엽 같아라

프랑스 시인 폴 베를렌(1844~1896)의 시 중에서 가장 유명한 '가을의 노래(Chanson d'automne)'다. 가을날의 쓸쓸한 마음을 부드럽고도 비애 섞인 리듬으로 잘 표현했다.

이 시는 그가 스물세 살 때 사랑하는 여인을 갑작스레 잃고 썼다고 한다. 그녀는 어릴 때 함께 자란 연상의 사촌 누나였다. 금지된 사랑이었으므로 누구에게도 말할 수 없었다. 그녀가 다른 사람과 결혼했기에 더욱 그랬다.

첫 시집 《우수시집(憂愁詩集)》의 출판 비용을 대준 것도 그녀였다. 그러나 시집이 나온 이듬해인 1867년 그녀는 산고 끝에 병을 얻어 31세로 세상을 떠났다.

충격을 받은 그는 폭우 속을 뚫고 장례식장으로 달려갔다. 눈물과 빗물 범벅이 된 그는 이틀 동안 아무것도 먹지 않고 술만 마셨다. 몇 달 뒤 그곳을 다시 찾은 그는 무덤 앞에서 생과 사의 경계를 생각하며 이 시를 썼다.

바이올린 가락의 '긴 흐느낌'과 종소리의 '가슴 메는' 아픔이 영혼의 밑바닥을 건드린다. 인간 내면의 바닥을 음악적인 상징으로 이끌어낸 솜씨도 탁월하다. 종소리의 '가슴 메는' 느낌은 아스라한 옛날 추억을 떠올리게 한다. 이 같은 청각적 심상과 더불어 시각적 이미지가 가을이라는 계절과 어우러져 더욱 깊은 울림을 준다.

그런 점에서 베를렌은 근대 언어음악의 선구자이자 상징주의 시의 주역이라고 할 수 있다. 그는 《우수시집》에서부터 상징주의 경향을 보였다. 그를 비롯한 상징주의자들은 낱말의 음악성을 중시하면서 의미보다는 암시를 통해 시적 성취를 이루려고 했다. 단어의 소리를 바탕으로 일상적인 의미보다 더 강한 '마법의 주문'을 만들 수 있다고 믿었다.

그는 위대한 작품을 썼지만 세속적으로 성공하지 못한 이른바 '저주받은 시인들' 중의 한 명이었다. 유복한 가정에서 태어나 온갖 사랑을 받으며 성장했으나 때로는 고집불통에 사고뭉치였다.

결혼 후에도 안주하지 못했다. 매일같이 술에 취해 지냈고 툭하면 고함을 질러댔다. 시인 랭보와의 파멸적인 동성애로 가정 안팎의 지탄까지 받았다. 결국 랭보에게 총을 쏘는 비극으로 둘의 관계는 끝났지만, 그의 정신적 공황은 이후에도 계속됐다.

영화 〈토탈 이클립스〉에 나오듯이 그의 고통은 극단의 외로움과 맞물려 있다. 그의 시에서 느껴지는 아픔과 고독은 많은 독자의 공감을 얻었다. 불운한 인생에서 피어난 꽃이기에 시의 울림도 남달랐다.

그의 시는 우리나라에서도 많은 사랑을 받았다. 김소월의 스승이자 시인·번역가인 김억은 1920년 간행한 문학동인지 《폐허》에 베를렌의 시 20여 편을 번역해 실었다. 그는 특히 '가을의 노래'에 내재된 음악성을 번역어에 담기 위해 고심했다. 나중에도 여섯 차례나 이 시를 여러 출판물에 실었다. 그때마다 문장을 손질하며 더 나은 번역을 모색했다. 우리나라 최초의 번역시집 《오뇌의 무도》에도 베를렌의 이 시와 함께 보들레르 등 프랑스 상징주의 시인들의 작품을 85편이나 수록했다.

그가 원문의 풍부한 음악성을 얼마나 잘 담아내려 했는지 다음의 번역을 보면 알 수 있다.

'가을의 날/ 비오론의/ 느린 오열(嗚咽)의/ 단조로운/ 애닯음에/ 내 가슴 압하라.// 우는 종소리에/ 가슴은 막키며/ 낫빗은 희멀금./ 지나간 녯날은/ 눈압헤 떠돌아/ 아아 나는 우노라.//

시를 놓고 살았다 사랑을 놓고 살았다

설어라, 내 영(靈)은/ 모진 바람결에/ 흐터져 떠도는/ 여긔에 저긔에/ 갈 길도 몰으는/ 낙엽이러라.'

감각

아르튀르 랭보

야청빛 여름 저녁 들길을 걸으리.
밀잎 향기에 취해 풀을 밟으면
꿈꾸듯 발걸음은 가볍고
머리는 바람결에 신선하리.

아무 말 없이 아무 생각도 없이
한없는 사랑을 가슴에 가득 안고
보헤미안처럼 멀리 멀리 가리.
연인과 함께 가듯 자연 속으로.

조숙한 천재의
특별한 '감각'과 '첫날밤'

조숙한 천재여서 그랬을까. 시인 아르튀르 랭보(1854~1891)
의 삶은 방랑과 기행의 연속이었다. 시에서도 파격과 생략, 난해
한 문체를 마구 휘둘렀다.

프랑스 북동부 아르덴 지방에서 태어난 그는 어릴 때부터
반항아였다. 여덟 살 때부터 라틴어 시를 쓸 정도로 재주가 뛰어
났지만 어머니에게 반발해 툭하면 집을 나갔다. 거의 모든 규율
에 반기를 들었고 청소년 티를 벗기도 전에 술독에 빠졌다.

열여섯 살 때 터진 프랑스 - 프로이센 전쟁 때문에 학업을
포기한 뒤로는 더욱 그랬다. 파리로 무작정 상경했다가 무임승차
혐의로 체포돼 구치소에 갇히기도 했다. 그러다 시인 베를렌에게
보낸 편지를 계기로 파리에서 그를 만났다. 열일곱 살 때였다.

두 사람의 만남은 영화 〈토탈 이클립스〉의 기차역 장면으로
유명하다. 랭보는 파리의 기성 시인들에게 보여주기 위해 야심
작 '취한 배'를 썼고, 베를렌은 이 시에 흠뻑 빠졌다. 둘의 관계는
문학을 넘어 동성애로 발전했다. 아버지의 사랑을 받지 못하고

어머니의 정도 느껴보지 못한 랭보는 '금지된 사랑'에 탐닉했다. 베를렌은 랭보보다 더 집착했다. 결국 2년 만에 파국을 맞았다.

베를렌을 떠난 랭보는 '지옥에서 보낸 한철'을 쓴 뒤 더 험한 방랑길에 올랐다. 세계 곳곳을 떠도는 동안 많은 병에 걸려 고통받았다. 에티오피아에선 무릎 종양으로 다리를 잘라야 했다. 그러고도 숱한 상처 속에서 자신을 학대하다 서른일곱 살에 암으로 생을 마감했다.

베를렌이 붙여준 별명 '바람구두를 신은 사나이'처럼 그는 한 곳에 안주하지 않았다. 시의 목적도 '새로운 세계에 도달하는 것'이자 '포착할 수 없는 세계를 잡아내는 것'이라고 믿었다. 고행을 바탕으로 한 '견자(見者)의 시학'이 여기에서 나왔다. 감각의 착란과 언어의 연금술로 현실 너머 세계를 끊임없이 찾으려 했던 '젊은 견자' 랭보.

그가 이 시 '감각'에서 찾아 헤매는 것도 아직 가보지 못한 들길과 만나지 못한 사랑이다. 그러나 사랑을 찾아 보헤미안처럼 멀리 가리라는 그의 염원은 끝내 이뤄지지 않았으니, 안타까운 미완의 꿈이다.

눈여겨볼 것은 시 원문의 마지막 행에 나오는 단어 '자연(La Nature)'을 대문자로 썼다는 점이다. 이는 모든 것을 품은 대

자연의 세계를 뜻한다. 보들레르의 시 '교감'의 첫 구절 '자연은 신전'에 등장하는 그 대문자다. 보들레르 미학의 본질이 물질과 정신 세계의 교감이었듯이, 랭보 시학의 뿌리가 이 두 세계의 감각을 극대화하는 것이었음을 확인하게 해준다. 운율이 맛깔스러워서 낭송하기에도 좋은 시다.

그의 또 다른 시 '첫날밤'을 함께 음미해 보자. '감각'과 겹쳐가며 읽으면 맛이 더 살아난다. 구태여 설명을 보탤 필요도 없다. 신혼부부의 첫날밤을 뜻하는 순우리말 '꽃잠'의 느낌 그대로다.

― 그녀는 아주 벗고 있었네.
버릇없는 커다란 나무들은 창가에
기웃거리는 그늘을 드리우고 있었네.
짓궂게도, 가까이, 아주 가까이서.

커다란 내 의자에 반나체로
앉은 그녀, 팔짱을 끼고,
마루 위의 가느다란, 아주 가느다란
두 발은 기쁨으로 전율하네.

밀랍 빛이 되어 나는 보았네.
덤불 속 작은 햇살이
그녀의 미소 속에서, 가슴 위에서
팔락거리는 것을 — 장미나무에 앉은 파리처럼.

— 그녀의 가느다란 발목에 나는 키스했네.
그녀는 맑은 트릴 음으로
부드럽고 꾸밈없이 웃었네.
예쁜 크리스탈 미소.

슈미즈 아래로 그녀의 작은 발이
달아났네. "그만 좀 해요!"
— 첫 대담함이 허락되자
웃음으로 벌을 주는 체했네.

— 내 입술 아래 꿈틀거리는 가여운
그녀의 눈에 나는 부드럽게 입 맞췄네.
— 그녀는 깜찍스런 머리를 뒤로 젖히네.
"오, 더 좋은데요!"

시를 놓고 살았다 사랑을 놓고 살았다

"그대에게 할 말이 있어요."
— 나는 그녀 가슴에 나머지를 쏟아 부었네.
간절히 원하던 행복한 웃음으로
그녀를 웃게 한 입맞춤 속에서…….

— 그녀는 아주 벗고 있었네.
버릇없는 커다란 나무들은 창가에
기웃거리는 그늘을 드리우고 있었다네.
짓궂게도, 가까이, 아주 가까이서.

나의 침실로
— 가장 아름답고 오랜 것은 오직 꿈속에만 있어라

이상화

마돈나, 지금은 밤도 모든 목거지에 다니노라. 피곤하여
돌아가련도다.
아, 너도 먼동이 트기 전으로 수밀도의 네 가슴에 이슬이
맺도록 달려오너라.

마돈나, 오려무나. 네 집에서 눈으로 유전하던 진주는 다
두고 몸만 오너라.
빨리 가자. 우리는 밝음이 오면 어딘지 모르게 숨는 두 별
이어라.

마돈나, 구석지고도 어둔 마음의 거리에서 나는 두려워
떨며 기다리노라.
아, 어느덧 첫닭이 울고 - 뭇 개가 짖도다. 나의 아씨여,
너도 듣느냐.

마돈나, 지난밤이 새도록 내 손수 닦아 둔 침실로 가자.
침실로!
낡은 달은 빠지려는데 내 귀가 듣는 발자국 - 오 너의 것
이냐?

마돈나, 짧은 심지를 더우잡고 눈물도 없이 하소연하는
내 마음의 촛불을 봐라.
양털 같은 바람결에도 질식이 되어 얄푸른 연기로 꺼지려
는도다.

마돈나, 오너라. 가자. 앞산 그리매가 도깨비처럼 발도 없
이 가까이 오도다.
아, 행여나 누가 볼는지 - 가슴이 뛰누나. 나의 아씨여,
너를 부른다.

마돈나, 날이 새련다. 빨리 오려무나. 사원의 쇠북이 우리
를 비웃기 전에
네 손이 내 목을 안아라. 우리도 이 밤과 같이 오랜 나라
로 가고 말자.

마돈나, 뉘우침과 두려움의 외나무다리 건너 있는 내 침
실 열 이도 없느니
아, 바람이 불도다. 그와 같이 가볍게 오려무나. 나의 아
씨여, 네가 오느냐?

마돈나, 가엾어라. 나는 미치고 말았는가. 없는 소리를 내
귀가 들음은—
내 몸에 피란 피— 가슴의 샘이 말라 버린 듯 마음과 몸이
타려는도다.

시를 놓고 살았다 사랑을 놓고 살았다

마돈나, 언젠들 안 갈 수 있으랴. 갈 테면 우리가 가자. 끄
을려 가지 말고
　너는 내 말을 믿는 마리아— 내 침실이 부활의 동굴임을
네야 알련만…….

　마돈나, 밤이 주는 꿈, 우리가 엮는 꿈, 사람이 안고 궁구
는 목숨의 꿈이 다르지 않느니
　아, 어린애 가슴처럼 세월 모르는 나의 침실로 가자. 아름
답고 오랜 거기로.

　마돈나, 별들의 웃음도 흐려지려 하고 어둔 밤 물결도 잦
아지려는도다.
　아, 안개가 사라지기 전으로 네가 와야지. 나의 아씨여,
너를 부른다.

'나의 침실' 속
마돈나는?

이 시에 나오는 '마돈나'는 누구일까. 이상화(1901~1943)의 '나의 침실로'는 1923년 9월 동인지 《백조》 3호에 실렸다. 그때 부터 '마돈나'가 누구인지를 놓고 온갖 말이 나돌았다.

가장 흥미를 끈 것은 함흥 출신 여성 유보화라는 설이다. 팔봉(八峯) 김기진의 회고에 따르면 이 시는 "폐가 나쁜 이북 여 성을 사랑했던" 상화의 아픈 사연에서 나왔다.

이상화는 조혼 풍습에 따라 일찍 중매결혼을 했으나 애정 없는 생활에 회의를 느꼈다. 그러다가 일본 유학 중에 만난 유보 화라는 신여성과 사랑에 빠졌다. 1923년 관동대지진 직후 급히 귀국한 그는 서울 가회동 취운정(翠雲亭)에 새살림을 차렸다.

문제는 그녀의 건강이었다. 팔봉의 부인이 "상화 씨의 애인 은 참 미인인데 폐가 나쁘대요. 내가 봐도 오래 살지 못하겠던데 요"라고 한 걸 보면 병세가 이미 깊었던 모양이다. 1924년엔 더 욱 나빠지더니 결국 '짧은 심지'처럼 안타까운 생을 마감하고 말 았다.

시에 나오는 '마돈나, 짧은 심지를 더우잡고 눈물도 없이 하소연하는 내 맘의 촛불을 봐라./ 양털 같은 바람결에도 질식이 되어, 얄푸른 연기로 꺼지려는도다.'와 같이 그녀는 꺼져갔다. '별들의 웃음도 흐려지려 하고 어둔 밤 물결도 잦아지려는' 순간처럼.

다른 얘기도 있다. 그가 열여덟 살 때 이 시를 썼다는 것이다. 열여덟 살이면 1919년이다. 상화가 일본으로 유학 간 게 1922년이니까 일본에서 유보화를 만나기 전이다.

이 분석에는 또 다른 여인이 등장한다. 상화는 열여덟 살 때 서순애라는 여인과 결혼했는데, 그 무렵 상화에게 또 다른 여인이 있었다. 경남 출신으로 여고를 졸업한 손필련이었다. 이 시를 손필련과 한창 연애중일 때 썼다는 얘기다. 그 해에 상화가 결혼한 몸이었기에 그들의 사랑은 세상의 인정을 받을 수 없었고, 그래서 꿈에서나 가능한 것으로 노래했을 수도 있다.

다른 해석도 많다. 마돈나가 성모 마리아의 상징이라는 얘기다. 대구의 이상화 고택에서 가까운 남산동에 성모당이 있다. '나의 침실로'가 바로 이곳 성모당을 배경으로 탄생했다는 것이다. 이 관점에 따르면 시에 나오는 '침실'은 정신적 안식을 찾고

활력을 주는 꿈과 부활의 동굴을 의미한다. 성모당에서 시의 모티브를 얻었고, '마돈나'도 성모당의 마리아를 상징적으로 표현한 것이란 얘기다.

아무튼 이런 분석의 배경에는 시의 부제로 쓰인 구절이 함께 작용하고 있다. '가장 아름답고 오랜 것은 오직 꿈속에만 있어라'가 그것이다. 침실이야말로 아름답고 오랜 것을 꿈속에서 가능하게 하는 공간이자 부활의 공간이다. 이렇게 보면 침실은 희망을 잉태하는 또 다른 곳이기도 하다.

2017년 타계한 마광수 교수는 이 시를 "애인과의 이루어질 수 없는 사랑을 서러워하며 단말마적 정사(情事) 및 정사(情死)의 장소를 찾아 헤매는 시인의 관능적 열정을 노래한 것"이라고 분석했다.

대구 계산동, 달성공원 서남쪽 언덕에 '상화 시비'가 있다. 1948년 우리나라에서 맨 처음 세워진 문학비라고 한다. 검은 오석으로 된 비석 앞면에 상화의 열한 살 난 셋째아들이 쓴 '나의 침실로' 한 대목이 새겨져 있다. 순정한 아이의 필체가 전문 서예가의 세련미보다 더 감동적으로 다가온다.

슬픔처럼 살며시 여름이 사라졌네

에밀리 디킨슨

슬픔처럼 살며시
여름이 사라졌네—
너무나 살며시 사라져
배신 같지도 않았네—
고요가 증류되어 떨어졌네.
오래전에 시작된 석양처럼,
아니면, 늦은 오후를
홀로 보내는 자연처럼—
땅거미가 조금 더 일찍 내렸고—
낯선 아침은 떠나야 하는 손님처럼—
정중하지만, 애타는 마음으로
햇살을 내밀었네—

그리하여, 새처럼,
혹은 배처럼,
우리의 여름은 그녀의 빛을
미의 세계로 도피시켰다네.

┌ 사랑이란
자기 그릇만큼밖에는 담지 못하지 ┘

에밀리 디킨슨(1830~1886)은 사후에 더 유명해진 미국 여성 시인이다. 어릴 때는 들판에서 활발하게 뛰놀고 동네 아이들과 잘 어울린 소녀였다. 그러다 사춘기 때 여학교의 경직된 분위기에 염증을 느껴 중퇴한 뒤로는 바깥에 나가지 않았다.

스물다섯 살 때 아버지를 만나러 워싱턴을 방문한 게 거의 유일한 여행이었다. 돌아오는 길에 필라델피아의 친구 집에서 2주간 머무른 그녀는 거기에서 찰스 워즈워스 목사의 설교를 듣고 그에게 푹 빠졌다. 목사는 기혼자였다. 혼자 콩닥거리는 짝사랑이었으므로 별 사건은 없었지만 이별할 때 그녀의 마음은 미어지는 듯했다.

고향에 온 뒤에도 그와 영혼의 문제를 다룬 편지를 주고받으며 '지상에서 가장 소중한 친구'를 꿈꿨다. 그러나 결국 '저는 당신과 함께 살 수 없어요'라는 시로 슬픔을 혼자 삭여야 했다. 서른 살 이후 평생을 독신으로 살며 은둔한 그녀는 흰 옷만 입는다고 해서 '뉴잉글랜드의 수녀'라는 별명을 얻었다.

시를 놓고 살았다 사랑을 놓고 살았다

그녀의 대인기피 증세는 종교적 갈등과 병약한 어머니를 돌봐야 하는 딸의 책임감, 아버지와의 생각 차이 등에서 비롯됐다고 한다.

사랑하는 사람과의 이별 때문이라는 설도 있다. 짝사랑했던 워즈워스 목사와의 이별뿐만 아니라 자신을 '북극성처럼 빛나는 존재'라고 호평해준 로드 판사의 죽음 때문에 절망했다고 한다. 로드 판사는 그녀가 마흔여덟 살 때쯤 사모했던 사람으로 아버지의 친구 중 한 명이었다. 그녀는 로드에게 쓴 편지에 온화하고 성숙한 사랑을 담아 보냈고, 그도 그녀의 사랑에 호응했지만 둘의 인연은 거기까지였다.

56세로 세상을 떠났을 때 그녀가 남긴 작품은 방대했다. 시 1775편에 산문 124편, 편지 1049통이었다. 하지만 생전에는 익명으로 시 7편만 발표하고 나머지는 서랍 속에 넣어두었다.

시에는 제목 대신 번호만 붙였다. 허무와 죽음, 이별에 관한 시가 유난히 많다. 1540번 시 '슬픔처럼 살며시 여름이 사라졌네'에서도 이별을 다루고 있다. 여름이 슬픔처럼 살며시 사라져서 배신 같지도 않게 느껴질 정도라고 했다. 그것은 '오래전에 시작된 석양'이나 '늦은 오후를/ 홀로 보내는 자연'이기도 하고

'떠나야 하는 손님처럼/ 정중하지만, 애타는 마음으로' 햇살을 밀어내는 쓸쓸함의 다른 표현이기도 하다.

처연하기 짝이 없는 계절·세월과의 결별을 이렇게 노래할 수 있었던 것은 우리의 삶인 '여름'이 그녀의 빛을 미지의 세계로 도피시켰기 때문이다. 어떤 어휘를 강조하기 위해 구두점 대신 대시(‑)를 자주 사용하고 일부러 대문자를 많이 쓴 것도 그렇다. 응축된 단어와 구, 시형 등은 오랜 은둔생활에서 체득한 것이다. 가장 평범한 것과 초월적인 것을 대비시키며 허무와 죽음, 상실과 이별을 노래한 이유도 여기에 있으리라.

그녀는 시를 이렇게 정의했다.

"책을 읽다가 온몸이 싸늘해져 어떤 불덩이로도 녹일 수 없을 때, 그것이 바로 시다. 머리끝이 곤두서면 그것이 바로 시다. 나는 오직 그런 방법으로 시를 본다."

그 시의 정신은 싸늘하고 차가워서 어떤 불덩이로도 녹일 수 없었지만, 그녀의 가슴은 누구보다 뜨겁게 사랑을 갈구했다. 그 삶에서 우리는 세상 모든 사랑의 '그릇'을 새삼 발견한다.

사랑의 의미를 4행짜리 짧은 시로 압축한 그녀의 절창 한 편을 더 감상해 보자.

시를 놓고 살았다 사랑을 놓고 살았다

사랑이란 이 세상의 모든 것

에밀리 디킨슨

사랑이란 이 세상의 모든 것
우리 사랑이라 알고 있는 모든 것
그거면 충분해, 하지만 그 사랑을 우린
자기 그릇만큼밖에는 담지 못하지.

삶이란
문명의 깃털로 된 침대를 빠져나와
날카로운 부싯돌이 섞인 화강암을
발밑에 혼자 느껴보는
고요하고도 꿈같은
야생의 여행

월광(月光) 소섬 — 달, 두꺼비

고두현

달빛에 엎드린 그대 곁으로
구름 같은 음악이 흐르고
월광의 은하, 굽이도는 물가으로
뽀얗게 달무리 진 젖빛이 몽긋하다.
앞산 낮은 허리
풍만한 하늘이 덮어
세세토록 둥근 몸 안에
떡두꺼비 아들 하나
자라는 그곳.

비오는 날 듣는 통기타 소리엔 발해금의 울림이

　　그날 저녁 우연히 '무진기행'에 들렀다. 김승옥 소설 제목과 같은 그 카페의 이름은 묘한 매력을 지니고 있었다. 짙은 안개 속에서 흔들리는 밤배의 불빛처럼 우리를 불러들였다. 그때 신촌역 부근에는 남쪽 바닷가의 해무(海霧)처럼 안개와 어둠이 낮게 깔려 있었다.

　　탁자가 서너 개밖에 되지 않는 안개 속의 그 섬에서 우리 일행은 촛불이 타는 모습을 바라보며 무진의 새벽을 기다렸다. 그 선배가 카페 벽면에 세워져 있던 통기타를 갖고 온 것은 자정 무렵이었다.

　　그는 한참 동안 기타는 치지 않고 기타의 몸만 쓰다듬었다. 그때 처음 느꼈다. 아라비아 숫자 8을 닮은 기타의 몸체에서 은은하게 우러나는 관능미! 잘록하게 휘인 허리와 풍만하게 이어지는 엉덩이의 곡선이라니. 그것은 소리로만 듣던 기타의 육체, 귀가 아닌 눈으로 듣는 음악이었다.

　　그렇게 기타의 몸에서 나는 향기까지 느긋하게 맛본 다음

에야 그는 기타 줄을 하나씩 퉁기기 시작했다. 새벽이 가까워질수록 현의 떨림은 강해지고 그때마다 우리는 지난날의 추억 속으로 깊이 자맥질하곤 했다. 움츠러들었던 감성의 촉수들이 일제히 살아나 우리 몸을 깨우고, 귀를 틔우고, 눈을 뜨게 했다.

단지 여섯 개의 줄로 풍만한 몸을 버팅기고 있는 통기타의 애잔함이란, 우리 삶의 곡진함을 잘 견디게 해주는 끈이 아니었을까. 그 속에서 나오는 몇 옥타브의 공명음이 우리를 새로운 희망으로 부풀게 해주었다.

밖에는 아직도 엷은 안개가 깔려 있었다. 새벽을 여는 흰 이불 홑청의 흔들림도 경이로웠다. 우리는 점차 밝아오는 바깥 풍경과 스스로 밝혀놓은 내면의 풍경 사이에서 작은 카페가 주는 행복에 마냥 젖어들었다. 문을 나섰을 때 희부연 하늘 한편에서 발견한 새벽달의 뽀얀 매무새는 또 얼마나 감동적이었는지…….

바로 그 순간 달의 또 다른 이름인 소섬(素蟾)이 떠올랐다. 본디 흰 바탕에 달두꺼비가 사는 나라. 그리고 '달빛에 엎드린 그대 곁으로/ 구름 같은 음악이 흐르고/ 월광의 은하, 굽이도는 물가로/ 뽀얗게 달무리 진 젖빛이 몽긋하다.'라는 구절을 얻었다. 곧이어 '앞산 낮은 허리/ 풍만한 하늘이 덮어/ 세세토록 둥

근 몸 안에/ 떡두꺼비 아들 하나/ 자라는 그곳.'이라는 시구가
따라 나왔다.

　통기타의 몸체와 달빛과 리듬이 어우러져 순식간에 시 한
편을 빚어낸 그날을 잊지 못한다.

　비오는 날 듣는 통기타 소리에는 천 년 전 발해금의 저음이
함께 담겨 있어 좋다. 발해금은 다른 금(琴)보다 음이 하나 낮다.
가늘고 긴 일곱 줄에 몸을 묶고 풍진의 세월을 견뎌온 슬픔. 그
앞에서는 누구나 귀를 비우고, 몸을 비우고 슬픔의 밑동에서 들
려오는 소리를 들을 수 있다.

　외로운 날에는 창밖의 낙엽을 바라보며 낮고 은은한 음악
을 듣는 게 좋다. 삼박자 리듬의 저음이 마음을 포근하게 해준
다. 기분 좋은 날은 브라질의 삼바 음악처럼 사분의 이박자로 출
렁거리는 리듬을 즐기게 된다. 그중에서도 통기타의 경쾌함이란
싱그러운 풀꽃들의 노래를 닮았다.

　그 연하디연한 풀들이 서로 잎을 부딪쳐 내는 소리. 그 속
에서 '달빛에 엎드린 그대'와 '구름 같은 음악'을 들으며 '뽀얗게
달무리 진 젖빛'이 얼마나 달큰하게 몽긋한지 다시 한 번 느껴보
고 싶다.

만리포 사랑

고두현

당신 너무 보고 싶어
만리포 가다가

서해대교 위
홍시 속살 같은
저 노을

천리포
백리포
십리포

바알갛게 젖 물리고
옷 벗는 것
보았습니다.

홍시 속살 같은
서해 노을

서해대교 위에서 홍시 속살 같은 노을을 만났다. 부드러운 노을이 산등성이를 어루만지며 천천히 익어가는 풍경. 늦게 떠난 여행길을 행복하게 색칠해준 첫 번째 화폭이었다.

'만리포 사랑' 노래비가 있는 해변에 닿았더니 '똑딱선 기적 소리'는 들리지 않고 백사장에 파도 소리만 잘브락거렸다. 밤바다를 바라보며 오래 생각했다. 여기까지 나를 밀고 온 그리움과 결핍, 겨울 바다보다 더 쓸쓸한 외로움, 모래밭에 남아 있는 연인들의 발자국, 어린 날 파래를 뜨러 혼자 갔던 기억…….

밤바다에 서면 언제나 가슴이 먹먹해진다. 이럴 땐 눈앞에 펼쳐진 수평의 바다를 잡아당기듯 마음의 보자기를 평평하게 펼쳐 본다. 그러면 점차 평온해진다. 밤바다가 주는 제일 큰 선물은 바로 이 순간이다. 그렇게 가라앉은 마음으로 밤을 지내고 나면, 아침 해가 마알갛게 다림질하며 바다 위로 지나가는 모습을 볼 수 있다. 새벽까지 뒤척이던 물결도 싱그러운 안개를 피워 올리며 다림질을 돕는다.

한나절을 보내고 나서 길을 되짚어 개심사로 향한다. 호수를 끼고 한가로운 목장을 지나 오솔길을 돌면 고즈넉한 숲속에 닿는다. '세심동(洗心洞)'이라는 표지석을 발견하자 마음이 겸허해진다. 개심사(開心寺)의 '개' 자가 '고칠 개(改)'가 아니라 '열 개(開)'라는 것도 알게 된다. 마음을 연다는 건 고친다는 것까지 아우르는 경지다.

마음을 씻고 5분 남짓 산길을 오르는 동안 발걸음이 느려진다. 해탈문을 지날 때쯤엔 안과 밖을 구분하는 '마음의 문'조차 없어진다. 명부전을 끼고 경허 선사가 거처하던 곳을 지나 언덕배기를 오르면 발그레한 미인송 사이로 산신각이 보인다. 그 아래 절집 전경이 내려다보이고, 멀리 내포 땅이 아늑하게 다가온다. 조금만 더 까치발로 서면 만리포 물소리까지 들릴 듯하다.

내려오는 길에 할아버지 한 분을 만났다. 10여 년째 세심동에서 커피며 라면이며 말린 산나물을 팔고 있는 분이다. 얼마나 맑고 어리게(?) 보이는지 얼굴만 보면 동자승 같다.

그분은 '궂은일 안 하고 늘 이렇게 노니까' 젊어 보인다며 환하게 웃는다. 청량한 웃음소리에 산 아래 호수가 따라 웃고, 만리포도 덩달아 웃고, 여기까지 따라왔던 세속도시의 먼지들도 함께 웃으며 몸을 헹군다.

시를 놓고 살았다 사랑을 놓고 살았다

이틀 동안 이만한 그림을 화폭에 담을 수 있다면 이보다 더 행복한 풍경화가 어디 또 있을까. 할아버지 덕분에 '개심사에서'라는 시까지 한 편 더 건졌으니 더할 나위가 없다.

개심사 입구 세심동에
어린 할아버지 한 분.
지난 팔월에 팔순잔치 혔제
여그서 한 십년
취나물이며 은행 말린 거며
커피 사발면 같은 거,
대처에 나간 적 읎어
할멈은 일흔 다섯, 살림하지
건강 비결?
평생 놀았지 센 일 안했어
한량이여

아 취나물 안 살겨?

고래의 꿈

송찬호

나는 늘 고래의 꿈을 꾼다
언젠가 고래를 만나면 그에게 줄
물을 내뿜는 작은 화분 하나도 키우고 있다

깊은 밤 나는 심해의 고래방송국에 주파수를 맞추고
그들이 동료를 부르거나 먹이를 찾을 때 노래하는
길고 아름다운 허밍에 귀 기울이곤 한다
맑은 날이면 아득히 망원경 코끝까지 걸어가
수평선 너머 고래의 항로를 지켜보기도 한다

누군가는 이런 말을 한다 고래는 사라져버렸어
그런 커다란 꿈은 이미 존재하지도 않아
하지만 나는 바다의 목로에 앉아 여전히 고래의 이야길
한다

시를 놓고 살았다 사랑을 놓고 살았다

해마들이 진주의 계곡을 발견했대
농게 가족이 새 뻘집으로 이사를 한다더군
봐, 화분에서 분수가 벌써 이만큼 자랐는걸……

내게는 아직 많은 날들이 남아 있다 내일은 5마력의 동력을
배에 더 얹어야겠다 깨진 파도의 유리창을 갈아 끼워야겠다
저 아래 물밑을 쏜살같이 흐르는 어뢰의 아이들 손을 잡
고 해협을 달려봐야겠다

누구나 그러하듯 내게도 오랜 꿈이 있다
하얗게 물을 뿜어올리는 화분 하나 등에 얹고
어린 고래로 돌아오는 꿈

길고 아름다운 고래의 허밍에
귀를 기울이며

　새우잠을 자더라도 고래 꿈을 꾸라고 했던가. 시인은 작은 화분 하나를 키우며 심해의 고래를 기다리고 있다. 고래는 대양의 커다란 꿈, 즉 희망을 이야기한다. 사람들이 고래는 사라져 버렸다고 말하지만 그는 여전히 희망의 이야기에 주파수를 맞춘다. 다른 사람들이 들을 수 없는 고래의 이야기를 그가 들을 수 있는 것은 이 때문이다.

　그는 밤마다 자신의 꿈이 이뤄지길 소망하며 길고 아름다운 고래의 허밍에 귀를 기울인다. 그리고는 희망을 위해 5마력의 동력을 배에 더 얹을 정도로 적극적으로 살겠다고 결심한다. 아울러 누군가에게 희망을 줄 수 있는 어린 고래, 곧 희망을 꿈꾸게 하는 사람이 되고 싶다고 말한다. 하얗게 물을 뿜어올리는 화분 하나 등에 얹고 어린 고래로 돌아오는 꿈을 계속 꾸면서.

　화분에서 자라는 식물의 모습과 고래가 등에서 뿜어내는 물줄기가 닮았다는 대목도 재미있다. 화분에서 물이 뿜어져 오르면 오를수록 시인의 방은 바다가 된다. 그때 화분은 고래방송국의 안테나다.

심해에 잠긴 시인은 고래방송국에 주파수를 맞추면서 그들의 노래를 듣는다. 방송이 들리지 않을 때는 "망원경 코끝까지 걸어가/ 수평선 너머 고래의 항로를 지켜보기도 한다."

"비관주의자는 바람이 부는 것을 불평한다. 낙관주의자는 바람의 방향이 바뀌기를 기대한다. 현실주의자는 바람에 따라 돛의 방향을 조정한다"는 윌리엄 아서 워드의 말처럼 이 시는 적극적인 희망을 노래한다.

영국 시인 존 메이스필드의 '바다를 향한 열정(Sea Fever)'과 함께 읽으면 더 좋다. 동서양의 시적 감흥이 어떻게 다른지도 비교해볼 일이다. '바다를 향한 열정'의 한 부분을 여기에 옮긴다.

'나는 다시 바다로 나가야만 하리, 저 외로운 바다와 하늘로,/ 내가 원하는 것은 커다란 배 한 척과 그 배를 인도할 별 하나뿐,/ 그리고 파도를 차는 키와 바람소리 펄럭이는 흰 돛,/ 바다 위의 뽀얀 안개와 먼동 트는 새벽뿐.'

꽃잎이 떨어지네
어, 다시 올라가네
나비였네

【落花枝にかへると見れば胡蝶かな】

아라키다 모리타케

꽃그늘 아래
생판 남인 사람
아무도 없네

【花の陰あかの他人はなかりけり】

고바야시 잇사

시를 놓고 살았다 사랑을 놓고 살았다

꽃그늘 아래
생판 남인 사람 아무도 없네

'꽃잎이 떨어지네/ 어, 다시 올라가네/ 나비였네'는 연한 바람 속에서 읽을 때 가장 맛깔스럽다. 꽃잎이 눈처럼 날리는 봄날, 몽환적인 시간 속으로 떨어지는 잎과 바람에 실려 다시 올라가는 잎, 그것을 나비의 날갯짓으로 겹쳐놓은 재주가 신기에 가깝다. '숨 한 번 길이만큼의 시'로 불리는 하이쿠의 압축미와 생략미를 마음껏 발휘한 시라고 할까.

이 시를 쓴 아라키다 모리타케(1473~1549)는 일본의 대중적인 하이카이에 품격과 예술적인 풍류를 더한 중세 시인이다.

또 다른 시인 고바야시 잇사(1763~1827)의 시도 좋다. 그의 시 중 가장 빛나는 걸 꼽으라면 단연 '꽃그늘 아래/ 생판 남인 사람/ 아무도 없네'를 들겠다. 말이 필요 없는 절창이다. 조금이라도 설명을 덧붙이면 구차해진다.

꽃 소식을 기다리며 환하게 웃음 짓는 우리 또한 생판 남인 사람은 아무도 없다.

찬비 내리네

옛사람의 밤 역시

나 같았으리

【しぐるや我も古人の夜に似たる】

재 속의 숯불

숨어 있는 내 집도

눈에 파묻혀

【うづみ火や我かくれ家も雪の中】

요사 부손

시를 놓고 살았다 사랑을 놓고 살았다

　그 사람의 밤 역시
　나 같았으리

　　일본 3대 하이쿠 시인 요사 부손(1716~1784)은 오사카의
부유한 집안에서 태어났다. 성장해서는 예술가가 되기 위해 집
을 떠나 일본 북동부 지방 등을 여행했다. 그 과정에서 많은 문
인들에게 하이쿠를 배웠다. 그림 솜씨도 뛰어나 서른다섯 살 무
렵에는 직업 화가로 교토에 정착해 거의 평생 그곳에서 살았다.

　　그는 위대한 하이쿠 시인 마쓰오 바쇼를 아주 존경해서 모
든 면에서 닮고 싶어 했다. 문화적 전통을 되살리려 애썼다. 마
흔다섯 살에 늦장가를 가서 외동딸을 얻었는데 예순여덟 살에
죽어서는 생전의 소원대로 바쇼가 살던 오두막 옆에 묻혔다.

　　'찬비 내리네/ 옛사람의 밤 역시/ 나 같았으리'는 으슬으슬
찬비 내리는 밤, 지금 나처럼 옛사람도 고독했으리라는 의미로
읽히지만, 이 시의 옛사람이 바로 그가 흠모하던 바쇼라고 한다.

　　'재 속의 숯불/ 숨어 있는 내 집도/ 눈에 파묻혀'는 숯불과
눈을 대비시키며 따뜻함과 차가움의 세계를 겹쳐 보여준다. 불

을 품고 있는 재와 화로, 화로를 보듬고 있는 집, 집을 감싸고 있는 눈, 이 모든 것을 아우르는 우주 속의 나…….

비교문학자 히라카와 스케히로의 설명이 무릎을 치게 한다.

"한 곳에 불씨가 있고, 그것을 덮은 재가 있으며, 그 위를 덮듯이 화로에 붙어 앉은 주인이 있고, 그 작은 방을 에워싼 작은 집이 있다. 그리고 그 집을 덮은 눈이 있다. 오두막 지붕 위에는 눈 내리는 밤하늘의 어둠이 끝없이 펼쳐져 있다. 따뜻함을 간직한 재 속의 불씨를 중심으로 한 줄의 시가 동심원을 그리며 우주를 향해 뻗어나간다."

© Before moonlight, 2017

4부

첫사랑 & 마지막 사랑

첫사랑의 시

서정주

초등학교 3학년 때
나는 열두 살이었는데요.
우리 이쁜 여선생님을
너무나 좋아해서요.
손톱도 그분같이 늘 깨끗이 깎고,
공부도 첫째를 노려서 하고,
그러면서 산에 가선 산돌을 줏어다가
국화밭에 놓아두곤
날마다 물을 주어 길렀어요.

산돌을 줏어다가
날마다 물 주어 기르는 마음

　미당 서정주(1915~2000) 시인이 살아 계실 때 서울 관악구 남현동 자택으로 찾아가 뵙곤 했다. 지금은 '미당 서정주의 집'이라는 문패가 붙은 문화공간으로 일반에 개방돼 있다.

　그 집 정원 한 켠에 작은 쉼터가 있다. 문화공간으로 단장하면서 새로 만든 것이다. 방문객들이 앉아 쉬거나 간혹 시낭송회를 여는 공간이다. 얼마 전 찾아갔을 때 여학생들이 옹기종기 모여 미당의 시를 낭송하고 있었다. 그 모습이 참 보기 좋았다. 나도 어린 시절을 떠올리며 미당의 '첫사랑의 시'를 읊조려 보았다. 어릴 적 이쁜 여선생님을 좋아하던 열두 살 소년 시절로 금방 돌아간 듯했다.

　좋아하면 닮고 싶어진다고 했던가. 땟국 꾀죄죄한 시골 촌놈의 눈에 여선생님의 연분홍 손톱은 얼마나 맑고 고왔을까. 부드러운 눈빛과 목소리는 또 얼마나 아름다웠을까. 그런 여선생님을 닮고 싶었을 것이다. 잘 보이고 싶어서 공부도 1등을 노려

더 열심히 하고 손짓과 발짓, 온갖 매무새도 더 착하게 보이려고 노력했을 것이다.

거기까지는 그래도 열두 살짜리의 생각이라 납득이 간다. 그런데 그다음 생각은 어떻게 했을까. 혼자 산에 가서는 속마음과 닮은 돌을 하나 주워 와서 국화밭에 놓아두고 물을 주다니. 그렇게 물을 주어 기를 생각을 했다니! 날마다 물을 주어 기르면 산돌이 자랄 거라고 믿는 그 마음이 정말 이쁘고 사랑스럽다.

그렇게 믿는 마음이 곧 사랑이다. 그게 첫사랑의 마음이고 첫사랑의 시다. 그러고 보니 시인의 첫사랑은 열두 살 때나 어른 때나 비슷했던 것 같다. 미당은 1970년 공덕동에서 남현동으로 이주한 뒤 '없는 살림에 마누라와 실랑이까지 해가면서' 30년간 돌과 나무를 사들이며 정성껏 정원을 가꿨다. 그중에는 어린 시절 남몰래 주워 와서 물을 주어 길렀던 산돌도 있었을 것이다. 그에겐 '첫사랑의 시'를 비롯한 모든 문학이 돌과 꽃과 나무에서 출발했다.

맥주를 밥보다 더 즐겼던 그가 맥주잔을 들고 건배사를 외치듯 시를 줄줄 외워대던 장면 또한 눈에 선하다. 그의 맥주 사랑은 유별났다. 누가 찾아올 때도 맥주를 사 갖고 오는 걸 제일

시를 놓고 살았다 사랑을 놓고 살았다

로 반가워했다. 며느리가 건강을 걱정해서 가끔 무알코올 맥주
로 바꿔치기할 정도였다.

돌아가시기 3년 전인 1997년 여름에 미당과 함께 그 정원
에서 찍은 사진을 찾아보니, 옥양목 한복 차림의 흰 고무신 발치
께에 몇몇 산돌과 상사화 잎이 보인다.

그때 내 수첩에다 떨리는 손으로 비뚤비뚤 친필 휘호를 써
주고는 "햐, 손이 떨리는 걸 본께 맥주가 모자란 모양인디……"라
며 농담하던 모습도 아련하다.

저세상에서도 그 장난스런 표정은 여전할까. 이쁜 선생님
을 너무나 좋아해서 산돌을 주워다가 국화밭에 놓아두고 날마
다 물을 주며 기르고 있을까.

자나 깨나 앉으나 서나

김소월

자나 깨나 앉으나 서나
그림자 같은 벗 하나이 내게 있었습니다.

그러나 우리는 얼마나 많은 세월을
쓸데없는 괴로움으로만 보내었겠습니까!

오늘은 또다시, 당신의 가슴속, 속모를 곳을
울면서 나는 휘저어버리고 떠납니다 그려.

허수한 맘, 둘 곳 없는 심사에 쓰라린 가슴은
그것이 사랑, 사랑이던 줄이 아니도 잊힙니다.

시를 놓고 살았다 사랑을 놓고 살았다

첫사랑 동네 처녀와
이별한 뒤

　　시인 김소월(1902~1934)의 고향인 평안북도 구성군은 산꽃이 지천으로 피는 아름다운 마을이었다. 할아버지가 개설한 독서당에서 한문을 공부한 그는 남산소학교에 입학했다.

　　같은 반 동네 소녀 오순과 친하게 된 뒤로는 옥녀봉 냉천터에서 자주 만나곤 했다. 바위에 올라 함께 피리를 불거나 노래를 했고, 멀리 임포 해변가를 거닐기도 했다. 옥녀봉에서의 만남은 '풀따기'라는 시에도 잘 표현돼 있다.

　　'우리 집 뒷산에는 풀이 푸르고/ 숲 사이의 시냇물, 모래 바닥은/ 파아란 풀 그림자, 떠서 흘러요./ 그리운 우리 님은 어디 계신고,/ 날마다 피어나는 우리 님 생각./ 날마다 뒷산에 홀로 앉아서/ 날마다 풀을 따서 물에 던져요.'

　　오순은 의붓어미 밑에서 자랐는데 다섯 명의 동생을 둬 매우 가난했다. 소월이 숙모에게 들은 전설에서 모티브를 얻었다는 시 '접동새'의 주인공과 비슷한 처지였다고 한다.

열세 살 때 고향을 떠나 오산중학에 진학한 소월은 거기서 평생 스승인 안서 김억을 만났다. 오산에서의 학업성적은 늘 우등이었다. 그러나 열네 살 되던 해 그는 할아버지에 의해 강제결혼을 하게 됐다. 상대는 벽초 홍명희의 딸인 홍단실이었다. 그녀는 소월보다 세 살 연상이었다. 부인과의 결혼생활은 비교적 원만했지만, 강제결혼인 데다 마음속에 둔 연인이 따로 있었기에 내적 갈등이 심했다.

오순과의 이별은 가슴 아픈 일이었으나, 소월에게는 주옥 같은 사랑 시를 쓰게 한 계기가 됐다. '자나 깨나 앉으나 서나'도 그중 하나다.

'자나 깨나 앉으나 서나/ 그림자 같은 벗 하나' 때문에 '많은 세월을/ 쓸데없는 괴로움으로만 보내었'지만 아직도 '허수한 맘, 둘 곳 없는 심사에 쓰라린' 사랑이 시 속에 애잔하게 녹아 있다.

오순은 열아홉 살에 다른 남자에게 시집을 갔다. 그런데 의처증이 심한 남편의 학대를 견디지 못하고 스물두 살 꽃다운 나이에 세상을 떠나고 말았다. 그녀의 장례식에 참석하고 돌아온 직후 소월은 억누를 수 없는 슬픔에 잠겨 시 한 편을 썼다. 그게 '초혼'이다.

시를 놓고 살았다 사랑을 놓고 살았다

'산산이 부서진 이름이여!/ 허공 중에 헤어진 이름이여!/ 불러도 주인 없는 이름이여!/ 부르다가 내가 죽을 이름이여!'라며 그녀의 혼을 소리쳐 부르다가 '심중에 남아 있는 말 한마디는/ 끝끝내 마저 하지 못하였구나./ 사랑하던 그 사람이여!/ 사랑하던 그 사람이여!'라며 흐느끼는 시인의 비탄이 절통하다.

평생 가난을 벗어나지 못하고 고향에서 찌든 생활을 하던 소월은 서른두 살이 되던 1934년 크리스마스이브에 아편을 술에 타 마시고 짧은 생을 마감했다. '자나 깨나 앉으나 서나' 잊지 못하던 첫사랑에게 마저하지 못한 말 한마디를 산산이 부서진 그 이름 앞에 가서는 결국 건넸을까. 사랑하던 그 사람에게, 사랑하던 그 사람에게.

세월이 가면

박인환

지금 그 사람의 이름은 잊었지만
그의 눈동자 입술은
내 가슴에 있어.

바람이 불고
비가 올 때도
나는 저 유리창 밖
가로등 그늘의 밤을 잊지 못하지.

사랑은 가고
과거는 남는 것
여름날의 호숫가 가을의 공원
그 벤치 위에
나뭇잎은 떨어지고
나뭇잎은 흙이 되고

나뭇잎에 덮여서
우리들 사랑이 사라진다 해도

지금 그 사람 이름은 잊었지만
그의 눈동자 입술은
내 가슴에 있어
내 서늘한 가슴에 있건만.

┌ 지금 그 사람 이름은
잊었지만 ┘

　　전쟁의 상처가 채 아물지 않은 1956년 봄 어느 날 시인 박인환(1926~1956)은 10년 넘게 찾아보지 못한 망우리의 첫사랑 묘지에 다녀왔다. 스무 살 풋풋한 나이에 무지개처럼 만났다가 헤어진 여인의 '눈동자'와 '입술'은 흙에 덮여 사라졌지만 그의 회한은 더했다.

　　'나뭇잎은 떨어지고/ 나뭇잎은 흙이 되고/ 나뭇잎에 덮여서/ 우리들 사랑이 사라진다 해도……'

　　그는 자신의 운명을 예감했던 것일까. 영원히 떠날 마지막 길에 연인의 무덤을 어루만지며 작별을 고하고 싶었던 것일까. 그때 이미 '세월이 가면'의 초고가 몇 문장 마음에 새겨졌을지도 모르겠다.

　　다음 날 명동의 문인 사랑방이던 '명동싸롱'에서 허한 가슴을 달래던 그는 맞은편 대폿집 '경상도집'으로 발길을 옮겼다. 그곳에는 이진섭, 송지영, 영화배우 나애심이 있었다. 술잔이 몇 차례 돌자 그들은 나애심에게 노래를 불러달라고 졸랐지만 그

　　　　　　　　　　　　　시를 놓고 살았다 사랑을 놓고 살았다

녀는 좀체 응하지 않았다.

　　그때 이진섭이 박인환에게 "시를 써주면 나애심에게 불러 달라고 할게"라고 했고, 그는 펜을 꺼냈다. 즉흥시를 넘겨다보던 이진섭이 그 자리에서 작곡을 하자 나애심이 콧노래로 흥얼거리기 시작했다. 이렇게 탄생한 것이 '세월이 가면'이다.

　　한두 시간 후 나애심과 송지영은 돌아가고 테너 임만섭, '명동백작' 이봉구 등이 합석했다. 임만섭이 이 노래를 다듬어 부르자 길 가던 사람들이 하나둘 모여들었다. 외롭고 쓸쓸하고 허전한 서울의 뒷골목에서 시인의 노래를 부르는 사람과 이를 지켜보며 박수를 보내는 행인들. 영화의 한 장면이었다.

　　이 시를 쓴 지 일주일 만인 1956년 3월 20일 밤에 박인환은 세상을 떠났다. '시인 이상 추모의 밤'에서 폭음하고 세종로 집으로 돌아온 그는 가슴을 쥐어뜯으며 "답답해! 답답해!"를 연발했고, 자정 무렵 "생명수를 달라!"는 마지막 말을 남긴 채 눈을 감았다. 심장마비였다. 그의 나이 30세.

　　그는 동료 시인들의 배웅을 받으며 망우리 묘지에 묻혔다. 첫사랑이 누워 있는 곳이었다. 동료들은 그의 관에 생전 그렇게 좋아했던 술 조니 워커와 카멜 담배를 함께 묻어줬다.

'세월이 가면'은 그가 죽기 1년 전(1955년)에 낸 유일한 시집《박인환선시집》에는 들어 있지 않다. 1956년에 썼으니 당연하다. 유족들이 20주기를 추모해 1976년에 낸 시집《목마와 숙녀》에 실렸다. 예전 시집의 56편 중 54편과 유작, 지상에 발표했지만 빠진 7편을 합쳐 61편을 엮은 것이었다.

이 시는 박인희 노래로 더 많이 알려졌다. 노랫말은 원래 시와 조금 달라졌지만 전체적인 분위기는 더 좋았다. 박인희가 '목마와 숙녀'까지 낭송해서 둘이 남매가 아닌가 하는 이들도 있었지만 그렇지는 않다. 공교롭게도 이름이 비슷했을 뿐이다.

시를 놓고 살았다 사랑을 놓고 살았다

통영

백석

옛날엔 통제사가 있었다는 낡은 항구의 처녀들에겐 옛날
이 가지 않은 천희(千姬)라는 이름이 많다

미역오리같이 말라서 굴껍질처럼 말없이 사랑하다 죽는
다는

이 천희의 하나를 나는 어느 오랜 객줏집의 생선 가시가
있는 마루방에서 만났다

저문 유월의 바닷가에선 조개도 울을 저녁 소라방등이 불
그레한 마당에 김 냄새 나는 비가 내렸다.

백석이 짝사랑했던
통영 처녀

시인 백석(1912~1996)의 고향은 평안도 정주다. 그런데 남쪽 항구 통영을 제목으로 한 시를 세 편이나 남겼다. 그 배경엔 짝사랑하던 여인 '난'이 있었다. 일본 유학에서 돌아와 조선일보의 《여성》에서 편집일을 하던 백석은 1935년 친구 허준의 결혼식에서 이화여고생 박경련을 만났다. 스물네 살 청년 시인은 통영 출신의 열여덟 살 처녀에게 홀딱 반하고 말았다.

조선일보에 함께 근무하는 친구 신현중이 그녀를 소개했다는 설과 신현중을 따라온 그녀를 우연히 만났다는 설이 있지만, 어쨌든 그날부터 백석의 마음은 그녀의 잔상으로 어룽거렸다.

그해 6월 그는 신현중과 함께 그녀의 고향 통영으로 향했다. 그때 쓴 시가 '통영' 첫 번째인데, 시에서 '저문 유월'이라 했으니 아마도 비가 내리는 초여름 저녁이었을 것이다. 그러나 그는 마음속의 '천희'를 만나지 못했다.

이듬해인 1936년 1월에 그는 또다시 통영 방문에 나섰다.

그러면서 자신의 속내를 드러낸 두 번째 '통영' 시를 썼다.

'구마산의 선창에선 좋아하는 사람이 울며 내리는 배에 올라서 오는 물길이 반날/ 갓 나는 고장은 갓 같기도 하다// (중략)// 난(蘭)이라는 이는 명정(明井)골에 산다는데/ 명정골은 산을 넘어 동백나무 푸르른 감로 같은 물이 솟는 명정샘이 있는 마을인데/ 샘터엔 오구작작 물을 긷는 처녀며 새악시들 가운데 내가 좋아하는 그이가 있을 것만 같고/ 내가 좋아하는 그이는 푸른 가지 붉게붉게 동백꽃 피는 철엔 타관 시집을 갈 것만 같은데// (중략)// 영 낮은 집 담 낮은 집 마당만 높은 집에서 열나흘 달을 업고 손방아만 찧는 내 사람을 생각한다.'

이 작품은 지금 통영시 명정동 396번지에 있는 그녀의 옛 집 맞은편에 시비로 세워져 있다. 그런데 이번에도 그는 그녀를 만날 수 없었다. 겨울방학이어서 집에 있으리라 여겼지만 안타깝게도 개학 준비차 경성으로 떠난 뒤였다.

그렇게 쓸쓸한 마음을 부둥켜안고 그는 경성으로 돌아왔다. 그때 엇갈린 길 때문이었을까. 이후 또 한 번의 통영행에서도 결국 그녀를 만나지 못했다.

경성생활을 정리하고 함흥으로 간 백석은 다음 해 뜻밖의

시를 놓고 살았다 사랑을 놓고 살았다

소식을 들었다. 친구 신현중과 박경련이 결혼했다는 것이었다. 이때의 말 못할 회한이 '내가 생각하는 것은'이라는 시에 녹아 있다.

'그렇건만 나는 하이얀 자리 위에서 마른 팔뚝의/ 새파란 핏대를 바라보며 나는 가난한 아버지를/ 가진 것과 내가 오래 그려오던 처녀가 시집을 간 것과/ 그렇게도 살뜰하던 동무가 나를 버린 일을 생각한다.'

결혼식 뒤풀이에서 한 번 본 처녀에게 반해 몇 번이나 고향 집을 찾고도 그 사랑을 친구에게 뺏긴 시인의 슬픈 순애보가 아릿하다.

사랑의 전당

윤동주

순아 너는 내 전(殿)에 언제 들어왔던 것이냐?
내사 언제 네 전에 들어갔던 것이냐?

우리들의 전당은
고풍한 풍습이 어린 사랑의 전당

순아 암사슴처럼 수정 눈을 내려감아라.
난 사자처럼 엉크린 머리를 고루련다.
우리들의 사랑은 한낱 벙어리였다.

성스런 촛대에 열(熱)한 불이 꺼지기 전
순아 너는 앞문으로 내달려라.

어둠과 바람이 우리 창에 부닥치기 전
나는 영원한 사랑을 안은 채
뒷문으로 멀리 사라지련다.

이제 네게는 삼림 속의 아늑한 호수가 있고
내게는 험준한 산맥이 있다.

윤동주가 사랑한
'순이'는 누구일까?

윤동주(1917~1945)의 시 세 편에 '순이'가 등장한다. 연희전문 1학년 여름에 쓴 '사랑의 전당'(1938)과 이듬해 9월에 쓴 '소년'(1939), 4학년 3월에 쓴 '눈 오는 지도(地圖)'(1941)다.

'소년'의 마지막에 '그래도 맑은 강물은 흘러 사랑처럼 슬픈 얼굴 – 아름다운 순이의 얼굴은 어린다.'라는 구절이 나온다. '눈 오는 지도'는 '순이가 떠난다는 아침에 말 못할 마음으로 함박눈이 내려, 슬픈 것처럼 창밖에 아득히 깔린 지도 위에 덮인다.'로 시작한다.

소년

여기저기서 단풍잎 같은 슬픈 가을이 뚝뚝 떨어진다. 단풍잎 떨어져 나온 자리마다 봄을 마련해 놓고 나뭇가지 위에 하늘이 펼쳐 있다. 가만히 하늘을 들여다보려면 눈썹에 파란 물감이 든다. 두 손으로 따뜻한 볼을 쓸어 보면 손바닥에도 파

시를 놓고 살았다 사랑을 놓고 살았다

란 물감이 묻어난다. 다시 손바닥을 들여다본다. 손금에는 맑은 강물이 흐르고, 맑은 강물이 흐르고, 강물 속에는 사랑처럼 슬픈 얼굴 — 아름다운 순이의 얼굴이 어린다. 소년은 황홀히 눈을 감아 본다. 그래도 맑은 강물은 흘러 사랑처럼 슬픈 얼굴 — 아름다운 순이의 얼굴은 어린다.

눈 오는 지도(地圖)

순이가 떠난다는 아침에 말 못할 마음으로 함박눈이 내려, 슬픈 것처럼 창밖에 아득히 깔린 지도 위에 덮인다.

방 안을 돌아다보아야 아무도 없다. 벽과 천장이 하얗다. 방 안에까지 눈이 내리는 것일까, 정말 너는 잃어버린 역사처럼 홀홀이 가는 것이냐, 떠나기 전에 일러둘 말이 있던 것을 편지를 써서도 네가 가는 곳을 몰라 어느 거리, 어느 마을, 어느 지붕 밑, 너는 내 마음속에만 남아 있는 것이냐, 네 쪼그만 발자욱을 눈이 자꾸 내려 덮여 따라갈 수도 없다. 눈이 녹으면 남은 발자욱 자리마다 꽃이 피리니 꽃 사이로 발자욱을 찾아 나서면 일 년 열두 달 하냥 내 마음에는 눈이 내리리라.

그녀는 누구일까. 연희전문 시절 절친한 후배였던 정병욱의 회고를 들어보자. 윤동주가 졸업반 때 신촌에서 북아현동으로 하숙을 옮겼는데, 그 동네에 윤동주 아버지의 친구가 있었다. 그 집의 딸이 이화여전 문과 졸업반이었다. 둘은 교회와 성경반을 같이 다니며 가까워졌고 매일 같은 기차로 통학했다. 정병욱은 "그러니 그녀에 대한 감정이 결코 평범하지 않았다는 것을 피부로 느낄 수 있었다"라고 했다.

영화 〈동주〉에도 문학 공부를 같이 하는 여학생이 나오긴 한다. 그러나 둘의 관계가 구체적으로 밝혀진 건 하나도 없다. 졸업반이라면 1941년이니, 그 이전 시에 나오는 순이는 누군지 알 길이 없다.

여동생 윤혜원은 "오빠는 여자 친구도 가져보지 못하고 세상을 떠났다"며 "다만 일본 유학 중에 만난 박춘혜라는 여학생 사진을 가져와서 할아버지께 보여드린 적이 있는데, 할아버지께서 좋다고 하셨기 때문에 그 여성과 결혼할 가능성이 높았다"라고 했다. 윤혜원의 남편 오형범도 비슷한 얘기를 했다.

"윤동주 사후인 광복 뒤에 목사 딸인 박춘혜를 만난 적 있다. 옌볜에서 남쪽으로 내려오던 중 청진에서 잠시 살았는데 성

가대원으로 활동하고 있었다. 나중에 알아보니 윤동주가 마음속으로만 좋아했을 뿐 프러포즈도 못했다고 하더라."

부끄럼 많은 '숙맥'인 동주가 쉽게 말을 꺼내지 못했을 건 뻔하지만, 그래도 그가 마음에 둔 사랑의 대상은 있었을 것이다. 어떤 이는 동주가 순이라는 이름을 처음 접한 것은 명동학교 졸업식에서라고 한다. 그때 선물 받은 김동환 시집 《국경의 밤》에 순이라는 이름이 등장하기 때문이다.

그것도 아니라면 윤동주 연구로 박사학위를 받은 마광수 교수의 말처럼 "순이라는 심상을 통해 모든 우리 민족의 여성, 또는 그가 마음속에 그린 이상적인 '님'을 상징하려 했던" 것일까. 동주는 '바람이 불어'라는 시에서 '단 한 여자를 사랑한 일도 없다'라고 썼는데, 이 또한 역설적인 반어법이 아니었을까. 대체 동주가 이렇게까지 꽁꽁 숨겨 둔 마음속 여인은 누구일까.

국경의 밤

김동환

– 제1부

1

"아하, 무사히 건넜을까,
이 한밤에 남편은
두만강을 탈 없이 건넜을까?

저리 국경 강안(江岸)을 경비하는
외투(外套) 쓴 검은 순사(巡査)가
왔다– 갔다–
오르명 내리명 분주히 하는데
발각도 안 되고 무사히 건넜을까?"

소금실이 밀수출(密輸出) 마차를 띄워 놓고
밤새가며 속 태우는 젊은 아낙네,

물레 젓던 손도 맥이 풀려서

'파!' 하고 붙는 어유(魚油) 등잔만 바라본다.

북국(北國)의 겨울밤은 차차 깊어 가는데.

2

어디서 불시에 땅 밑으로 울려 나오는 듯,

"어-이!" 하는 날카로운 소리 들린다.

저 서쪽으로 무엇이 오는 군호(軍號)라고

촌민(村民)들이 넋을 잃고 우두두 떨 적에,

처녀(妻女)만은 잡히우는 남편의 소리라고

가슴 뜯으며 긴 한숨을 쉰다.

눈보라에 늦게 내리는

영림창 산림실이 벌부(筏夫) 떼 소리언만.

(이하 줄임)

무사히 건넜을까,
이 한밤에

　　매서운 한파 속 두만강 국경지대. 설을 쇨 돈을 구하러 소금 밀수출에 나선 남편 걱정으로 안절부절못하는 젊은 아낙. 첫 문장부터 '아하'라는 영탄조의 불안심리가 잘 나타나 있다. 국경 순사가 '왔다 - 갔다 - ' 하는 모습과 '파!' 하고 붙는 어유등잔에도 화들짝 놀라는 여인의 심정. "어 - 이!" 하는 날카로운 소리에 행여 남편이 잡혔을까 '가슴 뜯으며' 긴 한숨을 쉬는 모습이 애처롭다. 여기서 처녀(妻女)는 미혼의 처녀(處女)가 아니라 젊은 아낙네를 의미한다.

　　김동환(1901~?)의 '국경의 밤'은 모두 3부 72장으로 구성돼 있다. 1부에서 남편을 걱정하는 순이의 심리적 갈등에 이어 2부에는 순이와 남편, 그녀의 첫사랑 청년 이야기가 회상 형식으로 펼쳐진다. 3부는 그 청년이 나타나 재결합을 호소하지만 이를 거절하는 순이와 마적의 총에 희생된 남편의 장례로 이루어져 있다.

　　그 배경에는 북국의 겨울밤이라는 암울한 이미지가 짙게

시를 놓고 살았다 사랑을 놓고 살았다

깔려 있다. 그래서 일제 치하 우리 민족의 고통과 불안을 상징적으로 보여주는 최초의 서사시라는 평가가 지배적이다. 1920년대 초까지 서정시로 일관한 한국 현대시사에 이야기를 도입한 새로운 시도였다는 것이다.

그러나 반론도 있다. 괄목할 만한 시적 성과를 거둔 것은 분명하나 서사시 본연의 영웅적 주인공을 창출하지 못하고 서사시다운 장중함도 부족하다는 것이다.

8년 전 신분 차이로 헤어진 첫사랑이 혹한을 뚫고 먼 국경 지역까지 순이를 찾아오는데 그녀는 단호하게 거절한다. 지체 높은 집안 출신으로 서울에서 공부하며 신문물을 접한 그가 "당신이 없다면 8년 후도 없고 세상도 없다"며 유부녀가 된 시골 순이를 찾아와 절절하게 구애하는데, 왜 그랬을까. 정절을 목숨보다 중시하는 유교 이데올로기 때문인가. 이 과정에서 드러나는 순이의 핏줄은 여진족이다.

여진족의 후예로 혹독한 현실에서 생존 감각을 익힌 순이는 이 사랑이 비현실적인 '환영'이라는 것을 이미 알고 있었던 건 아닐까. 그러고 보니 1920년대 조선의 청년 지식인, 허울뿐인 근대를 바라보는 시인의 시선이 여기에 겹쳐진다는 설명이 설득력을 가진다.

부부

함민복

긴 상이 있다
한 아름에 잡히지 않아 같이 들어야 한다
좁은 문이 나타나면
한 사람은 등을 앞으로 하고 걸어야 한다
뒤로 걷는 사람은 앞으로 걷는 사람을 읽으며
걸음을 옮겨야 한다
잠시 허리를 펴거나 굽힐 때
서로 높이를 조절해야 한다
다 온 것 같다고
먼저 탕 하고 상을 내려놓아서도 안 된다
걸음의 속도도 맞추어야 한다
한 발
또 한 발

긴 상을 함께 들 땐
보폭까지 맞춰야

2011년 봄에 늦장가를 간 '강화도 시인' 함민복. '부부'는 그가 마흔 즈음 노총각 시절에 쓴 시다. 후배의 부탁을 받고 총 각 주제에 겁 없이 '밥상을 들 때의 마음으로 살아가야 할 두 사 람에게'로 시작하는 결혼식 주례를 했는데, 그걸 다듬은 것이다.

총각이 이런 이치를 어떻게 다 알았을까. '한 아름에 잡히 지 않아 같이 들어야' 하고, 서로의 높낮이뿐만 아니라 걸음의 속도까지 맞춰야 하는 인생의 '긴 상(床)'.

신랑 신부의 성을 따면 '함박'인 그의 결혼식은 성대했다. 문단 안팎의 선후배 동료들이 대거 참석했다.

서른 중반부터 강화도 동막해변의 월세 10만 원짜리 방에 서 바다와 갯벌의 생명력으로 자신을 단련하고, 생활비가 떨어 지면 방 가운데 빨랫줄에 걸린 시 한 편을 떼어 출판사로 보내 던 그가 '꽃보다 아름다운' 신부를 만나 '세상에서 보기 드문 착 한 부부'로 거듭나던 날. '시 한 편에 삼만 원이면/ 너무 박하다

싶다가도/ 쌀이 두 말인데 생각하면/ 금방 마음이 따뜻한 밥이 되네'라던 그에게 어머니 품처럼 둥글고 아름다운 밥상이 새로 생겼다.

그는 쉰이 돼서야 단짝을 만났다. 반세기를 돌고 만난 인연이라 더욱 애틋했다. 시를 배우고 싶어 왔다는 '문학소녀'와 함께 있으면 그럴 수 없이 편안했다. 마음이 맞고, 고향도 같고, 성장 과정도 비슷했다.

"신랑 신부 나이 합쳐 100살"이라며 짓궂게 놀린 사람은 주례를 맡은 소설가 김훈이었다. 가수 안치환은 '사람이 꽃보다 아름다워'의 가사를 바꿔 "지독한 외로움에 쩔쩔매본 민복이는 알게 되지~"라는 축가로 좌중을 웃겼다.

그렇게 외로움에 쩔쩔매던 사람이 결혼했으니 이젠 형편이 좀 나아졌을까. 그는 "자다가 가위에 눌려도 깨워줄 아내가 있다고 생각하니 든든하다. 남편과 아내라는 두 개의 심장으로 살아가는 느낌이 좋다"고 말한다.

"아직 부부에 관한 시는 많이 못 썼어요. 두 편 정도 썼는데 결혼이 익숙해지고 이야기가 쌓이면 더 많이 쓰게 되겠죠. 요즘은 인삼 장사하느라 시 쓸 시간이 많지 않아요."

　　　　　시를 놓고 살았다 사랑을 놓고 살았다

그는 결혼 후 강화도 공동상가에 인삼가게를 열었다. 그도 사람인지라 다른 가게가 잘되는 걸 보면 묘한 질투심이 생길 때도 있다. 그럴 때마다 그는 생각한다. '우리가 원했던 만큼만 팔면 되는 거'라고. '오늘은 이만하면 됐다'고. 이런 과정을 통해 "자족의 테두리를 정하는 법과 삶의 가치관을 새롭게 하는 법을 배웠다"고 그는 덧붙인다.

사람이나 자연에 대해서도 그는 겸손한 마음으로 살자고, 두 사람이 힘을 합쳐 들어야 균형이 잡히는 상(牀)의 자세로 살자고 다짐한다. 그의 시가 투명한 것도 이런 심성 덕분일 것이다.

마음이 몹시 흔들리는 날 그분 말씀 떠올립니다.
"스승님, 오늘 제 마음이 매우 불안합니다.
바라건대 마음을 좀 편안하게 해주십시오."
"그럼, 그 마음을 가져오게. 내가 편안케 해주겠네."
"아무리 찾아도 그 마음을 찾을 길이 없습니다."
"오, 이제 그대 마음이 편안해졌네, 그려."

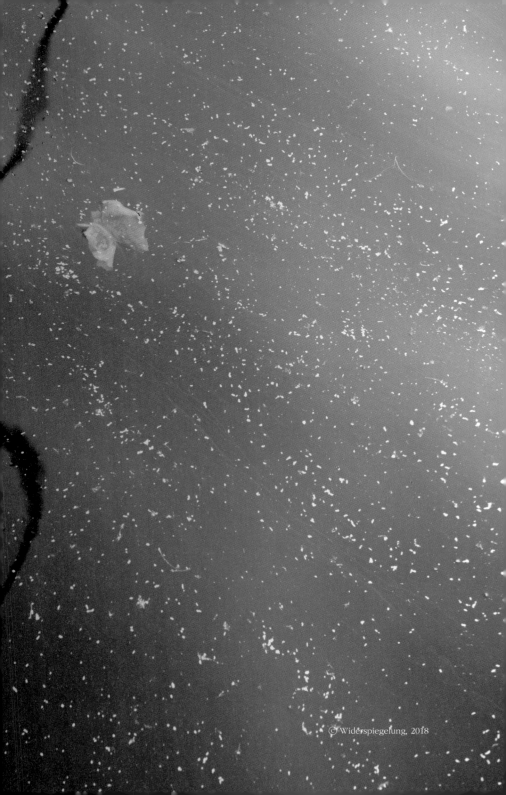

첫 마음

정채봉

1월 1일 아침에 찬물로 세수하면서 먹은 첫 마음으로
1년을 산다면,

학교에 입학하여 새 책을 앞에 놓고
하루 일과표를 짜던 영롱한 첫 마음으로 공부를 한다면,

사랑하는 사이가,
처음 눈을 맞던 날의 떨림으로 내내 계속된다면,

첫 출근하는 날,
신발 끈을 매면서 먹은 마음으로 직장 일을 한다면,

시를 놓고 살았다 사랑을 놓고 살았다

아팠다가 병이 나은 날의,
상쾌한 공기 속의 감사한 마음으로 몸을 돌본다면,

개업 날의 첫 마음으로 손님을 언제고
돈이 적으나, 밤이 늦으나 기쁨으로 맞는다면,

세례 성사를 받던 날의 빈 마음으로
눈물을 글썽이며 교회에 다닌다면,

나는 너, 너는 나라며 화해하던
그날의 일치가 가시지 않는다면,

여행을 떠나던 날,
차표를 끊던 가슴 뜀이 식지 않는다면,

이 사람은 그때가 언제이든지
늘 새 마음이기 때문에

바다로 향하는 냇물처럼
날마다 새로우며, 깊어지며, 넓어진다.

시를 놓고 살았다 사랑을 놓고 살았다

새해 아침 첫 마음으로
1년을 산다면

새해 첫날 읽기에 딱이다. 초심의 초(初)는 '옷 의(衣)'와 '가위 도(刀)'가 합친 것이니 옷을 만드는 시초다. 처음에 세운 뜻을 이루려고 끝까지 밀고 나가는 초지일관(初志一貫)의 의미가 여기에서 나왔다.

초심을 잊지 않으면 도끼를 갈아 바늘을 만드는 일도 가능하다. '초심불망 마부작침(初心不忘 磨斧作針)'의 고사가 시선(詩仙) 이백의 경험에서 나온 게 재미있다. 소년 이백이 공부에 싫증이 나 하산하고 돌아오는 길에 한 노파가 냇가에서 바위에 도끼를 가는 걸 보고 물었다.

"할머니, 무얼 하고 계십니까?"

"바늘을 만들려고 한단다."

"도끼로 바늘을 만든다고요?"

이백이 큰 소리로 웃자 노파가 말했다.

"얘야, 비웃을 일이 아니다. 중도에 그만두지만 않는다면 언젠가는 이 도끼로 바늘을 만들 수 있단다."

이 말을 들은 이백은 크게 깨닫고 글공부를 다시 시작해 큰 시인이 됐다.

'첫 마음'을 쓴 정채봉도 그를 닮았다. 전남 순천의 어촌에서 태어난 그는 어려서 어머니를 잃고 외롭게 자랐다. 내성적이고 심약한 성격으로 인해 학교나 동네에서 또래 집단에 끼지도 못했다. 혼자 우두커니 바다를 바라보는 시간이 많았다.

그러나 그는 결손가정에서 성장한 외로움을 거름 삼아 동심을 노래하는 동화작가가 되기로 마음먹었고, 마침내 이뤄냈다. 그 과정에서 수많은 실패와 좌절이 있었지만 초심으로 이를 극복했다. 이른바 '초부득삼(初不得三·첫 번에 실패한 것이 세 번째는 성공한다)'의 자세로 '어른을 위한 동화' 장르를 개척했다.

2001년 1월 눈이 펑펑 쏟아지던 날 하늘로 돌아간 그는 쉰 살이 넘어서도 동심과 초심을 잊지 않았다. '새 나이 한 살'에서 그는 '새 나이 한 살을/ 쉰 살 그루터기에서 올라오는/ 새순인 양 얻는다'고 노래했다. '시궁창 같은 마음 또한 확 엎어버리고/ 댓잎 끝에서 떨어지는 이슬 한 방울 받아/ 새로이 한 살로 살자'고 했다.

오십이 되어서도 '엉금엉금 기어가는 아기/ 아무것도 지니지 않은 벌거숭이// 그 나이 이제/ 한 살'이라고 한 것처럼 그는 평생 아이의 마음, 초심으로 살다 갔다. 그래서 우리는 해마다 신년 아침에 '첫 마음'을 다시 찾아 읽는다.

참 예쁜 발

고두현

우예 그리 똑 같노.

하모, 닮았다 소리 많이 듣제.
바깥 추운데 옛날 생각나나.
여즉 새각시 같네 그랴.

기억 왔다 갔다 할 때마다
아들 오빠 아저씨 되어
말벗 해드리다가 콧등 뜨거워지는 오후.
링거 줄로 뜨개질을 하겠다고
떼쓰던 어머니, 누우신 뒤 처음으로
편안히 주무시네.

시를 놓고 살았다 사랑을 놓고 살았다

정신 맑던 시절

한 번도 제대로 뻗어보지 못한 두 다리

가지런하게 펴고 무슨 꿈 꾸시는지

담요 위에 얌전하게 놓인 두 발

옛집 마당 분꽃보다 더

희고 곱네. 병실이 환해지네.

분꽃보다 고운 그 발,
다시 한 번 만져보고 싶네

　　병실에 도착해서 처음 들은 말이 "어쩜은 이리 닮았누. 꼭 우리 아덜 같네"였다. 독한 약과 주사에 지친 탓이라 생각은 했지만, 아들까지 못 알아보시다니 명치끝이 아릿해 왔다. "접니다, 어머니." 하고 거듭 말씀드렸는데도 계속 딴소리만 하셨다. 나중에는 "오빠" "아저씨"라고도 했다.

　　그렇게 사오정 같은 대화가 몇 번 오갔다. 처음의 기가 막히고 억장 무너지던 기분이 차츰 가라앉고 나자 나는 어머니의 '오빠'가 되고 '아저씨'가 되어 함께 맞장구를 치며 놀았다. "하모, 닮았단 소릴 많이 듣제. 오늘은 새각시 같네 그랴……."

　　그러면 어머니는 정말 새색시처럼 수줍게 웃으셨다.

　　어머니는 가끔 정신이 돌아올 때마다 언제 그랬냐는 듯 내 손을 포개 잡고는 흐뭇해하셨다. 그러다가도 금세 뜨개질을 한다며 링거 줄을 이리 감고 저리 풀곤 하셨다.

　　당신의 일생을 필름처럼 되감아 보는 중이었을까. 일흔네 해의 생애가 한 편의 비디오로 재생되는 동안 병실에서는 몇 번의 웃음꽃이 피고 눈물바다가 이어지고 소꿉놀이가 계속됐다.

오후 들어 햇살이 따뜻해지자 어머니는 낮잠에 드셨다. 담요 위에 두 다리를 가지런하게 펴고 잠든 모습이 너무나 편안해 보였다. 정신 맑은 시절에는 한 번도 제대로 뻗어보지 못한 두 다리. 평생 가난 속에서 혹 사람 도리 못할까 가슴 졸이며 헤쳐 온 구비길. 아버지가 돌아가신 뒤로 어머니는 행여 '애비 없는 자식' 소리 듣지 말라고 각별히 당부하셨다. 그리고는 발바닥이 쩍쩍 갈라지는 길을 묵묵히 걸어오셨다.

내가 자란 남해는 섬이어서 쌀도 귀하고 돈도 귀했다. 가뜩이나 없는 살림에 객지 공부를 시키면서 어머니의 발톱은 얼마나 많이 닳았을까. 삶의 끝자락에 누우신 뒤 처음으로 편한 잠 주무시는 어머니를 내려다보며 나는 병실 창가에 오래 서 있었다. 무연히 콧등이 시큰해져 고개를 들었다 다시 내려다보니 아, 무슨 꿈을 꾸는지 어머니가 가뭇가뭇 웃으셨다. 나도 따라 웃다가 이불 밖으로 빠져나온 발을 살며시 만져보았다. 햇살을 받아 눈부신 두 발이 옛집 마당가의 분꽃보다 더 희고 고왔다.

그때 병실에서 쓴 시가 '참 예쁜 발'이다.

어머니는 오래전에 돌아가셨다. 해마다 이맘때면 더욱 생각나는 어머니. 오늘 그 예쁜 발을 다시 한 번 만져보고 싶다.

만약에……

J. 러디어드 키플링

모든 사람이 이성을 잃고 너를 비난해도
냉정을 유지할 수 있다면
모두가 너를 의심할 때 자신을 믿고
그들의 의심마저 감싸 안을 수 있다면
기다리면서도 기다림에 지치지 않는다면
속임을 당하고도 거짓과 거래하지 않고
미움을 당하고도 미움에 굴복하지 않는다면
그런데도 너무 선량한 체, 현명한 체하지 않는다면

꿈을 꾸면서도 꿈의 노예가 되지 않을 수 있다면
생각하면서도 생각에 갇히지 않을 수 있다면
승리와 좌절을 만나고도
이 두 가지를 똑같이 대할 수 있다면
네가 말한 진실이 악인들 입에 왜곡되어
어리석은 자들을 옭아매는 덫이 되는 것을 참을 수 있다면

네 일생을 바쳐 이룩한 것이 무너져 내리는 걸 보고
낡은 연장을 들어 다시 세울 용기가 있다면

네가 이제껏 성취한 모든 걸 한데 모아서
단 한 번의 승부에 걸 수 있다면
그것을 다 잃고 다시 시작하면서도
결코 후회의 빛을 보이지 않을 수 있다면
심장과 신경, 힘줄이 다 닳아버리고
남은 것이라곤 버텨라!라는 의지뿐일 때도
여전히 버틸 수 있다면

군중과 함께 말하면서도 너의 미덕을 지키고
왕들과 함께 거닐면서도 오만하지 않을 수 있다면
적이든 친구든 너를 해치지 않게 할 수 있다면
모두들 중히 여기되 누구도 지나치지 않게 대한다면

누군가를 도저히 용서할 수 없는 1분의 시간을

60초만큼의 장거리 달리기로 채울 수 있다면

이 세상 모든 것은 다 네 것이다.

무엇보다 아들아, 너는 비로소 한 사람의 어른이 되는 것

이다!

윔블던에 새겨진
키플링의 시

영국 런던 윔블던에 있는 올잉글랜드 테니스클럽. 세계에서 가장 오래된 테니스코트인 이곳에서 매년 6월 말부터 2주 동안 윔블던 선수권 대회가 열린다. 전 세계 팬들을 열광시키는 결승전은 대회 마지막 토요일(여자 단식)과 일요일(남자 단식)에 펼쳐진다.

이곳의 센터코트 선수 입장문 위에 유명한 시가 적혀 있다. 영국 시인 러디어드 키플링(1865~1936)의 '만약에⋯⋯'에 나오는 한 구절이다.

'승리와 좌절을 만나고도/ 이 두 가지를 똑같이 대할 수 있다면(If you can meet with Triumph and Disaster/ And treat those two impostors just the same).'

'영국인 애송시 1위'로 꼽히는 이 시는 키플링이 1910년 열두 살 된 아들에게 주려고 썼다. 험한 세상의 길잡이가 될 조언을 32행의 운율에 담아냈다.

키플링은 시와 산문을 두루 잘 써서 일찍부터 인기를 끌었다. 우리가 잘 아는 《정글북》도 그의 작품이다. 1907년 영어권 작가로는 최초로 노벨문학상도 받았다. 최연소 수상이었으며, 지금까지 그 기록을 지키고 있다. 당시 그의 나이 마흔둘이었다.

이 시를 좋아하는 사람이 많다. 영국에 맞서 불복종 운동을 펼친 간디도 이 시를 애송했다. 젊은 시절 영국에서 공부한 간디와 여섯 살 때까지 인도에서 자란 키플링의 마음이 서로 통했던 모양이다.

숱한 고난을 뚫고 오디션 스타가 된 오페라 가수 폴 포츠도 "이 시에서 힘을 얻었다"고 말했다. 휴대폰 판매원이던 그는 "초라한 외모와 가난, 교통사고, 종양수술 등의 어려움을 딛고 성공할 수 있었던 건 키플링의 이 시 덕분이었다"며 "성공과 좌절을 만났을 때 이 두 가지를 똑같이 대하라는 것도 시를 통해 체득한 진리"라고 했다.

전설적인 액션 스타 이소룡은 이 시를 금속 장식판에 새겨놓고 날마다 뜻을 음미했다. 2018년에는 워런 버핏이 주주들에게 보낸 연례서한에 이 시를 인용해 화제를 모았다.

앞으로도 윔블던 대회의 마지막 토요일과 일요일마다 코트에서 승패의 명암이 엇갈릴 것이다. 누가 이기고 지든 '승리'와 '좌절'을 똑같은 마음으로 대할 수만 있다면, 그는 이미 '한 사람의 어른'으로서 모든 이의 존경을 받고도 남으리라.

이와 함께 읽으면 좋은 시 한 편을 더 감상해 보자.

아버지의 기도

더글러스 맥아더

내게 이런 자녀를 주옵소서.
약할 때 자기를 돌아볼 줄 아는 여유와
두려울 때 자신을 잃지 않는 대담성으로
정직한 패배에 부끄러워하지 않고 태연하며
승리에 겸손하고 온유한 자녀를 내게 주옵소서.

생각해야 할 때 고집하지 않게 하시고
주를 알고 자신을 아는 것이 지식의 기초임을 아는 자녀를
내게 허락하옵소서.

원하옵나니 그를 평탄하고 안이한 길로 인도하지 마옵시고
고난과 도전에 분투 항거할 줄 알도록 인도하여 주옵소서.

그리하여 폭풍우 속에서 용감히 싸울 줄 알고
패자를 관용할 줄 알도록 가르쳐 주옵소서.

그 마음이 깨끗하고 그 목표가 높은 자녀를
남을 정복하려고 하기 전에 먼저 자신을 다스릴 줄 아는
자녀를
장래를 바라봄과 동시에 지난날을 잊지 않는 자녀를 내게
주옵소서.

이런 것들을 허락하신 다음 이에 더하여
생활의 유머를 알게 하시고
생을 엄숙하게 살아가면서도 즐길 줄 알게 하옵소서.

자기 자신에 지나치게 집착하지 않게 하시고
겸허한 마음을 갖게 하시사
참으로 위대한 것은 소박한 데 있다는 것과
참된 지혜는 열린 마음에 있으며
참된 힘은 부드러움에 있다는 것을 마음 깊이 새기도록 하
소서.

그리하여 그의 아비인 저도
인생을 헛되이 살지 않았노라고
고백할 수 있도록 도와주옵소서.

맥아더 장군이 마흔여덟 살에 얻은 아들에게 영감의 유산
을 물려주기 위해 쓴 것으로 1964년 그가 세상을 떠난 후에야
사람들에게 알려졌다.

눈 흩날리네

농담도 하지 않는

시나노(信濃) 하늘

【雪ちるやおどけも言へぬ信濃空】

논 기러기야

마을의 사람 수는

오늘도 준다

【田の雁や里の人 數 けふも減る】

고바야시 잇사

⌐ 무심한 눈발만
흘날려 쌓이고 ⌐

고바야시 잇사는 마쓰오 바쇼, 요사 부손과 함께 하이쿠 3대 시인으로 꼽힌다. 그는 세 살 때 어머니를 잃고 할머니 밑에서 자랐다. 열네 살 때 할머니마저 돌아가시자 에도(도쿄)로 가서 날품팔이 생활을 했다. 스물다섯 살에 하이쿠 사범의 문하생으로 들어가 열심히 공부했으나 좀처럼 유명해지지 않았다.

방랑길을 떠난 그는 전국의 하이쿠 시인들과 친분을 나누며 습작품을 교환하는 등 내공을 쌓았다. 그 결과 기발한 상상력과 은근한 유머 감각까지 응축하는 경지에 이르렀다.

노숙자처럼 떠돌다 쉰이 넘어 결혼한 그는 늦둥이 넷을 모두 잃는 슬픔도 당했다. 하지만 신을 원망하거나 절망에 짓눌리지 않았다. 그래서 그의 시에는 절제된 아픔과 슬픔의 미학이 동시에 묻어난다.

첫 번째 시는 늦게 얻은 딸 사토를 잃고 쓴 것이다. 억장 무너지는 슬픔을 누를 길 없는데 그 심정을 아는지 모르는지 무심한 눈발만 흩날려 쌓인다. 이 시의 계절어는 눈(겨울)이다. 시나노(지금의 나가노현)는 일본 중북부에서 눈이 가장 많은 고장이다. 그 혹독한 겨울과 황량한 눈 풍경 사이에 홀로 선 늙은 아비를 생각하면 가슴이 미어진다.

두 번째 시는 시골 마을의 겨울을 그린 것이다. 북녘으로부터 날아와 논바닥을 메우는 기러기와 일자리를 찾아 객지로 떠나는 사람들의 명암을 절묘하게 대비시켰다. 당시 시골 사람들은 가을 추수가 끝난 뒤 돈을 벌러 에도로 떠나곤 했는데, 그들의 빈자리를 대신 채우는 철새들의 몸짓이 비애롭다.

나비 한 마리

절의 종에 내려앉아

잠들어 있다

【釣鐘に止まりて眠る胡蝶かな】

요사 부손

밤에 핀 벚꽃

오늘 또한 옛날이

되어버렸네

【夕ざくらけふも昔に成りにけり】

고바야시 잇사

시를 놓고 살았다 사랑을 놓고 살았다

영화 속 '대포 위 나비' 장면을 낳은 시

요사 부손의 하이쿠 '나비 한 마리/ 절의 종에 내려앉아/ 잠들어 있다'는 전쟁영화 〈서부 전선 이상 없다〉에 영감을 준 작품으로 유명하다. 대포 포신에 앉은 나비의 마지막 장면이 바로 이 시를 모티브로 한 것이다. 누가 언제 종을 칠지 모르는 적요의 긴장미와 고요하게 잠든 나비의 평화를 대비시킨 아이디어가 절묘하다.

고바야시 잇사의 시도 멋지다. '밤에 핀 벚꽃/ 오늘 또한 옛날이/ 되어버렸네'는 삽시간에 지는 벚꽃과 인생의 시간대를 중첩시킨 시다. 그의 표현대로 벚꽃이 지는 것은 한순간이다. 오늘 핀 꽃이 내일이면 벌써 옛날이다. 지금 눈앞의 꽃도 돌아서면 추억이 돼버린다. 밤에 핀 벚꽃은 더욱 그렇다. 짧은 봄날과 더 짧은 벚꽃. 그 찰나의 삶이 꽃에는 일생이기도 하다.

시를 놓고 살았다
사랑을 놓고 살았다

2018년 11월 12일 초판 1쇄 | 2019년 12월 5일 4쇄 발행
지은이·고두현
펴낸이·김상현, 최세현 | 경영고문·박시형

편집인·정법안
책임편집·손현미 | 표지디자인·김애숙
마케팅·양근모, 권금숙, 양봉호, 임지윤, 최의범, 조히라, 유미정
경영지원·김현우, 문경국 | 해외기획·우정민, 배혜림 | 디지털컨텐츠·김명래
펴낸곳·(주)쌤앤파커스 | 출판신고·2006년 9월 25일 제406-2006-000210호
주소·서울시 마포구 월드컵북로 396 누리꿈스퀘어 비즈니스타워 18층
전화·02-6712-9800 | 팩스·02-6712-9810 | 이메일·info@smpk.kr

쌤앤파커스(Sam&Parkers)는 독자 여러분의 책에 관한 아이디어와 원고 투고를 설레는 마음으로 기다리
고 있습니다. 책으로 엮기를 원하는 아이디어가 있으신 분은 이메일 book@smpk.kr로 간단한 개요와 취지,
연락처 등을 보내주세요. 머뭇거리지 말고 문을 두드리세요. 길이 열립니다.